Desastres íntimos

Desastres íntimos

Cristina Peri Rossi

Lumen

narrativa

Papel certificado por el Forest Stewardship Council®

MIXTO
Papel procedente de
fuentes responsables
FSC® C117695
FSC
www.fsc.org

Penguin
Random House
Grupo Editorial

Primera edición: abril de 2022

© 1997, Cristina Peri Rossi
© 1997, 2022, Penguin Random House Grupo Editorial, S. A. U.
Travessera de Gràcia, 47-49. 08021 Barcelona

Printed in Spain – Impreso en España

ISBN: 978-84-264-2331-3
Depósito legal: B-3.220-2022

Compuesto en M. I. Maquetación, S. L.
Impreso en Unigraf, S. L. (Móstoles, Madrid)

H 4 2 3 3 1 A

Fetichistas S. A.

Los sábados a la tarde, soy la única mujer en el Club de los Fetichistas. Todos los demás son hombres.

Nos reunimos los fines de semana, antes del domingo, estúpido domingo, el día más triste y pesaroso. El domingo es un día clausurado: la realidad está ahí, sin esperanza, sin adornos, es decir, sin arte. A lo sumo, se puede dormir un rato más, entre el ruido de la ducha del vecino, del ascensor cargado de niños (los niños están sueltos los domingos, y nadie sabe qué puede ocurrir con tanta explosión de hormonas) o del teléfono, que siempre suena para anunciar la visita ritual de los suegros, un aniversario olvidado o la enfermedad de la tía abuela que, entre otras cosas, ya tiene ochenta años. El peso de la realidad, eso es el domingo: cuando uno tiene la irremediable comprobación de que el apartamento es pequeño para cuatro personas, de que la falta de espacio crea hostilidad (o la manifiesta), de que se puede comer paella o cordero al horno, de que si se va al cine con el marido una se siente sola, pero si se va al cine sola, se siente sola.

Por eso, los fetichistas preferimos reunirnos el sábado, a la hora del crepúsculo. Los sábados, en cambio, parecen días llenos de posibilidades, de fantasía, de esperanza. Los sábados algunos sueñan con un hombre o una mujer que les despertará una pasión desconocida; otros sueñan con un viaje nocturno por las entrañas subterráneas de la ciudad (lo maravilloso nunca está en la superficie, hay que sumergirse para hallarlo; lo maravilloso es periférico, marginal, oculto, un túnel, un mundo hundido, una zona del limbo), algunos se creen capaces de escribir un libro y, otros, de ganar una fortuna al juego.

Los fetichistas constituimos una sociedad anónima, igual que los alcohólicos o los ludópatas. Somos una sociedad secreta, como se podrían fundar otras: la de los hombres de pene chico, la de los zurdos, los bajitos, los exseminaristas o las admiradoras de Robert Redford. Tener adicción a las tragaperras, al alcohol o a las bragas, admirar apasionadamente a Robert Redford, coleccionar todas sus fotos, los vídeos de sus películas y amar con locura sus discretos mohínes, me parece algo mucho más importante que el trabajo que uno hace (del que se aburre en breve tiempo) o la familia a la que se pertenece, formada por tres o cuatro miembros que se detestan entre sí, aunque finjan lo contrario, que se disputan el dinero, el espacio y el afecto como buitres. Porque la relación que uno establece con su fetiche (sean las medias de nylon negras, las campanas de una máquina llena de luces o un vaso de whisky) es siempre personal, intransferible, solitaria e intensa. Esa relación es lo más íntimo que tenemos, el lugar más auténtico de nuestra subjetividad.

Al principio éramos cuatro, pero luego el grupo creció. Hemos puesto un límite: sólo nos reunimos doce fetichistas por vez. Los nuevos aspirantes tendrán que formar otro club. Nos llamamos a nosotros mismos los fundacionales, la primera generación. Esta célula originaria está integrada por Fernando, ingeniero de caminos; José, oficinista; Francisco, fotógrafo, y yo, que soy la única mujer, me llamo Marta, soy maestra y vivo sola. ¿A quién podría confesarle mi pasión por los cuellos masculinos, sólo por los cuellos, si no es a Roberto, que colecciona zapatos de charol negro, de mujer, que correspondan al pie izquierdo, o a José, que adora los sujetadores, o a Francisco, el fotógrafo, dispuesto a dejarse matar por fotografiar unos ojos estrábicos? De mujer, naturalmente: es del todo insensible al estrabismo masculino. «Ni siquiera una buena bizquera del ojo derecho me hace apetecible esos cuerpos toscos y torpes de los hombres», dice Francisco. A mí me ocurre lo mismo con los cuellos: sólo me atraen los cuellos masculinos; los femeninos, ésos ni los veo. No *todos los cuellos*: algunos. Ni siquiera cuellos semejantes: a veces, me enloquezco por un cuello largo, estilizado, con forma de pino, esos cuellos que ascienden hasta las alturas y hacen pensar que quien lo porta es un soñador, una criatura romántica; otras veces, en cambio, me siento irresistiblemente atraída por un cuello con una nuez de Adán prominente, que sobresale, como un pene en erección. Ningún hombre, con una nuez de Adán prominente, puede disimular su condición de animal eréctil, primero biológico, después espiritual. En esos casos, creo que amo la contradicción entre el instinto y la cultura, entre el ser que babea, transpira, defeca, contrae enfermedades y ronca cuando duerme, y la construcción imaginaria: un ser que siente, piensa, habla, elige, compra una corbata de Fiorucci, escucha una sonata de Brahms.

Todos tenemos, pues, un secreto. Tener un secreto es algo muy pesado. Cuando me enamoré de Fernando, por ejemplo, ¿cómo explicarle lo que sentía? Fernando tenía treinta años y quería casarse, «constituir una familia», como él decía. Trabajaba en algo, no recuerdo en qué. Ah, sí: en un banco. Siempre sabía muchísimas cosas acerca de créditos, impuestos, Bolsa y todo eso. Estaba orgulloso de su capacidad de administrar el dinero, de hacer inversiones y cosas así. Yo me reí mucho cuando se mostró tan orgulloso de esas capacidades, y él se ofendió. Me acusó de que yo no tenía ningún interés real por su vida. De acuerdo (no pude decírselo): todo mi interés —enorme, por lo demás— estaba concentrado en la manera involuntaria, completamente inconsciente, en que su nuez de Adán subía y bajaba, con independencia de su voluntad. Su nuez de Adán sobresalía y yo concentraba en ella mi mirada. Hablara de lo que estuviera hablando (en general, las conversaciones de los hombres me parecen completamente irrelevantes; hablan de negocios, de política o de fútbol como formas de autoafirmación, dedicados, de manera absoluta y agotadora, a reforzar sus egos), aquella nuez subía y bajaba, rítmicamente, algo puntiaguda, bandera o símbolo de cosas sin nombre, de cosas que yo todavía no sabía, o quizás él mismo no sabía.

—De las cosas de las que se puede hablar, no me interesa hablar —le dije.

—Estás loca —me contestó, muy seguro de sí mismo.

A los hombres les gusta mucho creer, o creer que creen, que estamos locas. Estamos locas simplemente cuando no aceptamos su discurso, o estamos locas cuando no queremos lo mismo que ellos.

—La psicología y la psiquiatría de más de dos mil años no han podido definir todavía lo que es la locura —le respondí, aun a riesgo de que su nuez de Adán desapareciera de mi vista—, pero en cambio tú puedes diagnosticar tan fácilmente la locura. Bravo.

Me gustaba desconcertarlo. Cuando lo desconcertaba, su nuez de Adán subía y bajaba más rápidamente. Pero eso tampoco se lo podía decir: su ego sufriría con ello. Él quería que yo lo amara por su eficacia en los negocios (perdón, en la gestión bancaria), por su propósito de constituir legalmente una familia y todo eso.

Perdí definitivamente su nuez de Adán el día en que llamó a mi puerta, sin avisar, y le abrí, ingenuamente, pensando que se trataba de un vendedor de champú o del inspector del gas. La culpa la tuvo el telefonillo del edificio, que estaba roto, de modo que le abrí la puerta sin saber que era Fernando. Siempre hacíamos el amor en su apartamento de soltero, o en algún hotel, cuando cedía —a regañadientes— a mi afición de amarnos en habitaciones desconocidas.

Tengo reacciones lentas, de modo que cuando Fernando entró no se me ocurrió que iba a quedar muy asombrado ante la colección de fotografías de cuellos masculinos que tengo esparcida en el comedor y el dormitorio. Otra gente tiene ridículos hombrecitos en pantalones cortos, con camisetas y escudos, insignias y cosas así.

—¿Qué son? —preguntó mirando aquellas fotos en sus marcos como si se tratara de algo desagradable, infecto, lleno de purulencias o de virus.

Caramba, no me parece tan difícil reconocer que se trata de cuellos. Simplemente eso: cuellos. ¿No hay gente que tiene la casa llena de fotografías de rostros? Actrices, cantantes, la abuela, la tía y los primos. Además, muchos de ellos, muertos.

—Son fotografías de cuellos —le dije suavemente, preparada para lo peor.

Ahora era el momento en que Fernando iba a intentar hacerme sentir culpable. La dialéctica de los sexos es ésa: el que hace sentirse culpable al otro, gana. Los hombres lo tienen más fácil, porque hace muchos miles de años que se dedican a ello.

—¿Y por qué conservas toda esa cantidad de fotografías absurdas? —me dijo.

—Algunos coleccionan sellos, mariposas o monedas. Yo colecciono cuellos —expliqué, con franca objetividad.

Parecía horrorizado.

—¿Quieres decir que para ti los hombres son objetos de una colección maniática?

—No veo qué tiene de raro —me defendí—. Hay gente que tiene fotografías de la madre, de los hijos o de las novias, y a nadie se le ocurre que es lo mismo que pinchar una mariposa en una vitrina. Si en lugar de cuellos tuviera la fotografía de mi padre o de mi abuela, mi apartamento me parecería francamente deprimente. Y vivo en él —confesé.

Se paseó nerviosamente entre las fotos, como si me concediera el privilegio —momentáneo— de tomar en consideración mis argumentos, los sopesara, en vistas a condenarme o a absolverme. Yo pensé que, si los cuellos le resultaban suficientemente seductores, quizás me consideraría inocente, pero fue una débil esperanza: la seducción es algo muy muy subjetivo, y con seguridad él no era capaz de distinguir un cuello de otro.

En efecto, examinó uno, cogiéndolo por el marco, luego otro, y me preguntó, muy asombrado:

—¿Acaso pretendes decirme que cada uno de esos cuellos es diferente y que lo puedes reconocer?

—Tanto como para ti cada vagina o cada rostro —ataqué, por una vez.

Los volvió a colocar en su lugar, en la repisa, y movió la cabeza dubitativamente (su nuez de Adán subió y quedó suspendida en el aire, como si no fuera a bajar nunca más. Tuve un ataque de ansiedad, al representarme esa posibilidad):

—Creo que estás loca —sentenció.

Eso ya me lo había dicho antes.

—¿Todos han sido amantes tuyos? —me preguntó a continuación.

—No —dije (me guardé el adverbio «lamentablemente»).

—¿Cómo has conseguido todas esas fotos, entonces?

Por experiencia, sé que el placer que experimentamos los fetichistas narrando las numerosas dificultades, inconvenientes y obstáculos que hemos debido sortear para obtener una de nuestras piezas favoritas (aquel sostén de seda negra con adornos de raso que usó una sola vez la mujer que nunca se nos entregó, o la braga rosa de la vecina del tercero, que cuelga, de manera ingenua, de la cuerda de la ropa, a la vista de todo el mundo, como si efectivamente fuera una prenda más, inofensiva, desprovista de todo significado, salvo el de cubrir una parte de su cuerpo) es incomprensible para los demás. Forma parte de ese secreto que es nuestra subjetividad. Eso, las mil peripecias, los sacrificios que hemos tenido que hacer para obtener la pieza codiciada por nuestro deseo, sólo puede apreciarlo otro fetichista. La braga anhelada, el cuello contemplado con avidez no le dirían nada a otra persona. Porque es la *mirada* quien les presta valor. Una mirada superficial, que es la más común, no llega a descubrir en el sello de la reina Victoria de cuatro peniques la perla número veintiséis, en el marco ovalado, que la convierte en una pieza rara, escasa, porque la inmensa mayoría de los sellos con la efigie de la reina Victoria, de cuatro peniques, sólo tienen veinticinco. Del mismo modo, Fernando no podía ver, en la serie de fotografías de cuellos dispersas por la habitación, más que eso: cuellos, muy semejantes, nueces de Adán. Pero era una mirada superficial, despojada de símbolos, que resbalaba por la superficie sin buscar nunca la imagen especular.

—Algunas son de revistas —le dije—. Otras, las hice yo.

Me miró asombrado.

—¿Eres capaz de recortar una fotografía de una revista sólo por el cuello? —me preguntó.

Yo no sabía si se trataba de una pregunta curiosa, desinteresada, o si había algún oscuro reproche en ella. No sólo era capaz de eso, si él quería saberlo: por un cuello largo y robusto, de poros grandes y abiertos, con una nuca ancha y lisa (como del síndrome de Down) soy capaz de muchísimo más. Por el delicado, blanco y bello cuello de un adolescente, surcado de venas azules, como ríos en el mapa, soy capaz de más de lo que tú puedes imaginar, Fernando. Una vez tuve que aguantar dos horas de conversación acerca de un partido de fútbol, sólo por la posibilidad de morder una nuez de Adán opulenta y redonda, con el tamaño adecuado para tragármela, sentirla bajar por mi esófago y golpear las paredes de mi estómago.

—Me parece que eres una fetichista y que no estás bien de la cabeza —murmuró Fernando.

Ya era un notable adelanto que hubiera dicho «me parece» y no sentenciara de manera radical «eres». Indicaba que había perdido algo de su habitual seguridad. Allí donde comienza la duda, se puede empezar a hablar.

Según los tratados de psicología, los fetichistas toman la parte por el todo: un pie, los ojos, los senos, una prenda o un objeto representan el todo, y hacia esa parte o ese objeto experimentan una suerte de mística adoración, como el fiel ante la divinidad. Leímos esa definición en el club y consideramos que estaba parcialmente equivocada: para nosotros, una parte (el pie izquierdo cubierto con zapatos de charol negro de Roberto, o los opulentos sujetadores coleccionados por José, o el ojo travieso, desviado, que fotografía obsesivamente Francisco) no *representa* el todo, sino que *es* el todo. De la mayoría de los cuellos que he amado, he amado sólo el cuello. Por ejemplo, hablemos del propio Fernando. Fernando tenía un cuello encantador: flexible, equilibrado, de textura delicada, a pesar de lo cual se distinguían bien las venas y los tendones. Cuando se exaltaba, los tendones se crispaban, como si por ellos se pudiera transmitir la fuerza de sus emociones. Frente a la expresividad involuntaria de su cuello, todo lo demás era irrelevante. Yo podía aislar perfectamente su cuello del resto del cuerpo, del resto de la persona, y amar con locura su tibieza, su forma, su color, su estructura. No era menos amor porque estuviera tan específicamente dirigido a su cuello. ¿Por qué iba a amarlo más, si repartiera ese amor entre sus otras partes?

Francisco, el fotógrafo que ama los ojos estrábicos, dice que el amor es un secreto, porque el amado desea ser amado por ciertas cosas que no coinciden con las que ama el amante. Se había enamorado de Julia, una mujer estrábica que sufría amargamente por ese error de la naturaleza que no había podido reparar. Él se sentaba largas horas, ante ella, completamente arrobado por esa mirada estrábica (errática, la llamaba Francisco) que se desviaba de su objeto y no se fijaba, como un caminante extraviado, como un viajero perdido. Mientras él la contemplaba solitariamente («Cualquier goce es solitario», dice Francisco), Julia le hablaba de su vida, de su sentimiento de inferioridad en el colegio, de las burlas de sus compañeros, de su angustia por ser diferente, de sus dificultades para establecer relaciones. Francisco prestaba una atención sólo superficial al discurso de Julia, porque estaba fascinado ante ese ojo, un solo ojo perdido. Excitado por su propio amor, por sus emociones, se atrevió a decirle: «Pero si yo te amo justamente por tu ojo desigual, por tu ojo equivocado». Julia se sintió muy ofendida, y creyó que él se burlaba. Humillada, enfadada, le reprochó que era incapaz de amarla por su manera de ser. Julia se negó a volver a verlo, y Francisco enfermó de depresión. Quería volver a ver ese ojo azul desviado, ese ojo extraviado e infantil, que se derramaba por las sillas, por las alfombras, sin control.

El secreto es muy pesado, por eso nos reunimos en el club. Entre nosotros es más fácil hablar del placer, de la ausencia, de la falta, de la seducción. Por ejemplo, José vino a la sesión del sábado a la tarde completamente trastornado: la noche anterior, en su casa, con su mujer y sus dos hijas pequeñas, estaba mirando una serie norteamericana por televisión, de esas banales, sin importancia, cuando de pronto una escena lo dejó completamente turbado: un hombre, para darle el biberón a su bebé, empleaba una especie de gran pechera artificial, de felpa, que se colocaba en el cuello y estaba provista de dos grandes mamas con sus pezones respectivos, por donde fluía la leche. Nunca había visto un objeto semejante (consideró que los norteamericanos, como siempre, estaban muy adelantados) y de pronto sintió una conmoción. *¿Cómo no se le había ocurrido antes?* Un objeto así tendría que haber estado en sus fantasías, desde tiempo atrás. De inmediato, en el club, lo ayudamos a realizar las gestiones pertinentes para que su objeto de deseo pudiera aparecer: escribimos cartas a tiendas de Nueva York, solicitándolo, y nos pusimos en contacto con el canal de televisión, para alquilar ese episodio de la serie.

Todos los fetichistas sabemos que el objeto de nuestro culto es el actual y otro, muy antiguo, sumergido en la historia de los tiempos. Por ejemplo, los cuellos. ¿Por qué se inventó la guillotina, si no es porque el cuello, en realidad, es el símbolo del sexo? La guillotina tenía por finalidad separar el cuerpo de la cabeza, pero lo que se secciona, en realidad, es el cuello.

En el club puedo decir algo que jamás le confesé a Fernando: cuando observo un cuello masculino, de inmediato me imagino la relación que guarda con su sexo. Hay cuellos anchos, toscos, de base amplia, como de toros, de los cuales no se puede esperar más que un sexo bruto, sin fantasía, dotado tan sólo de fuerza. Yo prefiero, en cambio, los cuellos alados de los adolescentes, muy blancos, tibios, en los que la nuez de Adán parece algo inestable, como suspendida de un sueño. El cuello une nuestra parte animal —el cuerpo— con la parte más aérea, la cabeza. Pero esa unión, ese camino que va de los órganos esenciales —corazón, hígado, bazo— a la fantasía, no siempre se realiza de manera armoniosa. Hay cuellos demasiado largos para la cabeza que sostienen: indican que ésta ha querido separarse excesivamente del cuerpo que la sustenta. Y hay cuellos muy cortos, breves, inexistentes; la cabeza parece enclavada entre los hombros, sin separación. Se trata, en general, de personas rústicas, primitivas, sin ninguna elaboración.

Fernando me dijo que todos esos cuellos esparcidos por mi apartamento lo ponían nervioso: «Les falta algo. Les falta la cabeza». Le parecía estar rodeado por mutilados, o algo así. En cambio, para mí, los cuellos estaban completos. No necesitaban mucho más: el resto era imaginable.

A partir de ese momento, se sintió observado por mí. «No estoy natural —decía—. Tengo la sospecha de que estás auscultando mi cuello». Se equivocaba: yo jamás *auscultaría* un cuello. Un cuello se puede amar, admirar, se puede chupar, se puede morder, se puede acariciar, se puede soñar, se puede sorber, se puede lamer o besar, pero jamás se *ausculta*. Los fetiches no son objetos de investigación, sino de adoración. Pertenecen al ámbito de la fe, jamás al de la ciencia. Por eso prefiero a los hombres que se afeitan con navaja: me gusta lamer esas pequeñas gotas de sangre que aparecen, como flores que estallan, desde las partes ocultas a nuestros ojos. Fernando empezó a afeitarse con maquinilla eléctrica. No deja huellas. Impoluta. Discreta. Sólo podía lamer un poco de jabón o de loción.

Yo hubiera preferido seguir haciendo el amor en su apartamento o en los hoteles, pero él insistió en que quería acostumbrarse al mío. Me pareció que quería decir que quería acostumbrarse a los cuellos. Maldita la falta que hacía. Era algo que no necesitábamos compartir, como no hay necesidad de compartir la lectura del periódico o las discusiones con la madre. De vez en cuando, lo sorprendía mirando solitariamente aquellos cuellos, como si quisiera descubrir algo oculto.

—Es inútil —le dije—. Nadie ve lo que otro ve.

Quizás esta frase le sirvió para despedirse. Porque se fue para siempre.

—Siento que todos esos cuellos me están mirando —me dijo.

Qué curioso. Yo sé que soy fetichista, pero hasta entonces no me había dado cuenta de que él era un poco paranoico. Los cuellos no son ojos, Fernando: son sexos.

La ballena blanca

—Es gorda y grande como una ballena —dijo el hombrecito, sin fijar la mirada, como buscando, en el frío espacio de la pared, la sombra del cetáceo blanco en la superficie movediza de las aguas—. También lisa y pulida, como el cuerpo de las ballenas. ¿Ha observado usted que las ballenas carecen de pelos? Son imberbes —afirmó, convencido.

Los caminos de Eros son imprevisibles.

—No me he dedicado mucho a observar las ballenas —dije yo, en voz baja, aunque no creía que al hombrecito le importaran mis comentarios.

En realidad, me parecía que ni siquiera necesitaba un interlocutor: hablaba en voz alta, para sí mismo, que es la mejor forma de escucharse. La costumbre quiere que el hombre o la mujer que hablan en voz alta, para sí mismos, se avergüencen, como si estuvieran locos; por eso, a veces, un hombre o una mujer cualquiera necesitan simular que hablan con un interlocutor, pero sólo es una apariencia.

—No es la primera vez que me pasa —explicó el hombrecito, respondiendo a una pregunta que no había hecho—. En mi juventud —«tengo cuarenta años», declaró—, también amé a una mujer con forma de ballena, pero era de piel oscura: una ballena azul. De alguna manera —agregó—, era una imperfección.

Eros es sutil: un hombre o una mujer cualquiera, cuyos centros nerviosos están estimulados por la corriente del amor (como una colmena en ebullición), desarrollan una extraordinaria capacidad de metáforas. Pero nadie sabe —ni ellos mismos— qué están describiendo. El objeto de deseo permanece irreductible, resistente al análisis, a las palabras que intentan atraparlo, como un cazador en el bosque persigue la sombra fugaz de un ciervo, un puma o quizás una ilusión óptica provocada por el calor, la humedad, la hora y la fatiga.

—¿Por qué la piel oscura de esa mujer antigua era una imperfección? —le pregunté, con aparente ingenuidad—. También hay ballenas azules, usted lo ha reconocido.

Por primera vez me pareció que el hombrecito advertía mi presencia, me aceptaba como interlocutor.

—No se ama de la misma manera lo azul y lo blanco —dijo el hombrecito—. A veces —agregó—, si se ama lo blanco, no se ama, de ninguna manera, lo azul. Si se adentrara en el mar —siguió—, sabría que los pescadores y arponeros distinguen perfectamente una ballena azul de una blanca.

Me parecían extraordinarios estos símiles en un hombre como aquél, nacido y vivido en tierra firme, cuyos pies transitaban el hormigón gris y anónimo de la gran ciudad. Pensé que también el hombrecito debía estar sorprendido de que Eros despertara en él asociaciones e imágenes que no sabía de dónde venían.

—De alguna manera que no alcanzo cabalmente a comprender —continuó—, su gran tamaño me fascina (¿le he dicho que es grande y gorda como una ballena?): también su blancura imberbe. En cierto sentido —agregó—, es como si hubiera encontrado un arquetipo muy antiguo de belleza, aunque la palabra es equívoca y el equívoco me produce malestar.

El hombrecito se revolvió en su asiento, como si el malestar del que hablaba hubiera alcanzado su cuerpo, sus miembros inferiores, los hombros y los huesos largos. Me pregunté si el malestar era sólo la incapacidad del lenguaje (exactamente, cuando hacía el esfuerzo más costoso de precisión), o el malestar era, sin saberlo, haberse topado con «un arquetipo muy antiguo de belleza», como había dicho antes. Después, pensé que no era ni lo uno ni lo otro: eran ambas cosas. También pensé que el hombrecito estaba a punto de descubrirlo.

—Es extraño que hable de esta manera —dijo, como si, por un momento, la racionalidad tratara de imponerse a la profusión de imágenes que afloraban no sabía de dónde—. A los cuarenta años —agregó—, sentado en un bar, perdiendo el tiempo describiendo lo que me provoca el cuerpo de una mujer a quien algunos calificarían de obesa, y de la que nadie, salvo yo, diría que es bella. En cierto sentido —se apresuró a añadir—, me desconcierta que los otros no vean en ella lo que yo veo, y eso me induce a pensar que estoy medio loco. Pero, por otro lado, me parece que mi mirada es más aguda, más inteligente, y que si los otros no alcanzan a ver lo que yo veo, es por miopía o distracción. Sólo nos detenemos pocas veces a mirar a los demás *verdaderamente* —insistió—, porque la multitud es fatigosa, y poco estimulante.

Pensé que nunca más, en su vida, el hombrecito iba a poseer esta lucidez; de alguna manera, indescriptible, había alcanzado una suerte de revelación, estaba anonadado y fascinado, como si la revelación lo superara, pero él también se superara a través de ella.

—A veces tengo fantasías —confesó, casi avergonzado—. Por ejemplo, me imagino a mí mismo caminando por la calle, llevando a la ballena a mi costado, sostenida por una cuerda. La imagen me subyuga...

—Es muy curioso que el *yugo* (usted la lleva de la cuerda) se vuelva contra usted... —interrumpí.

Pensé que algo del flujo amatorio del hombrecito (algo de su lucidez y electricidad) me había alcanzado a mí también.

—Tiene razón —reconoció el hombrecito—. Yo la llevo, como si fuera el amo, pero el subyugado soy yo. Sin tener en cuenta —agregó— que las ballenas no caminan y no son terrestres.

—La imaginación es indiferente a los datos de la realidad —intenté ayudarlo— y quizás sólo da forma a nuestros deseos más antiguos.

El hombrecito volvió a revolverse en el asiento.

—He intentado analizar esa fantasía —dijo—. Se me ocurrió que quizás deseo exhibirla por la calle. Ser visto, ser contemplado por los demás...

—Un acoplamiento singular —observé en voz alta—. Un hombre pequeño y una ballena blanca, que camina a su lado como si fuera un perro.

—No —replicó el hombre—. Nadie podría compararla con un perro. Tiene una gran dignidad —explicó—. Nunca parece una mujer sometida. Las ballenas sólo se someten después de muertas —dijo—. Sólo cuando un montón de hombres avaros y crueles consiguen arrojarla, malherida, sobre la borda, ella se somete. El sentido de mi fantasía (caminar por la calle con ella a mi costado, sostenida por una cuerda) es más la exhibición que la sujeción. Me pregunto qué necesidad siento de exhibirme, aunque sé que quiero exhibirme con ella, no solo. Seríamos un espectáculo curioso —reflexionó como para sí mismo—, un hombre pequeño y una mujer tan grande.

—Quizás —aventuré— ser amado por una mujer tan enorme le causa satisfacción.

—Ella ocupa todo el espacio —insistió el hombrecito—. A veces, en el cine, tengo que ayudarla para que ingrese en el asiento.

—¿«Ingrese»? —pregunté.

Atendió a mi pregunta como si estuviera levemente fastidiado.

—Desde que la amo, soy un hombre muy preciso al hablar —dijo—. Ella no se sienta como todo el mundo, en virtud de su tamaño: se derrama sobre la silla o *ingresa* en la butaca con dificultad.

—¿Le gusta ayudarla a sentarse? —le pregunté.

Por primera vez, el hombrecito, que siempre parecía reconcentrado, sonrió, y su cara manifestó placer.

—¡Oh, sí! —exclamó, muy animado—. Ella es muy grande —insistió—. Su cuerpo, sus carnes ocupan mucho lugar. Hay que estar muy atento a las proporciones, a la relación que guarda con el espacio. A veces, las puertas resultan pequeñas para ella, en ancho o en altura, las camas de los hoteles son demasiado estrechas y debo mover hacia atrás el asiento del auto. Tengo que preocuparme de todas esas cosas, en las que antes no había reparado. Entiéndame —advirtió el hombrecito—: en mi vida, he tenido otros amores. Pero siempre eran mujeres normales, cuyo peso y altura correspondían a las proporciones aconsejadas por los médicos. Y estaban muy satisfechas de ello. Es más: si aumentaban de peso, dejaban de comer y hacían ejercicio, para adelgazar. ¿Ha observado usted qué poca importancia tienen los cuerpos en las relaciones normales?

Hice un gesto de duda.

—Nos ocupamos de los cuerpos sólo en la intimidad —explicó el hombrecito—. Luego, los cuerpos marchan separados, autónomos, y casi se vuelven invisibles. Esto aumenta la soledad de cada uno —dijo—. ¿Alguien se ocupa de *su* cuerpo, mientras camina, va a la oficina o mira una película? Me refiero —especificó— al cuerpo de *usted*.

—Tengo el raro orgullo de hacerme cargo, de *ocuparme*, como usted dice, de mi propio cuerpo —me defendí.

—No es un orgullo raro —interpuso el hombrecito—: es el más común de los orgullos. Por eso, cuando estamos enfermos, y alguien (el médico, la madre, la esposa) debe ocuparse de nuestros cuerpos, manipularlos, en cierto sentido, nos sentimos humillados. Yo, en cambio, no me *desocupo* en ningún momento de su cuerpo. Su cuerpo tiene una presencia real (ostensible, diría) en los actos más banales: abrir una puerta, sentarse en una silla, subir al autobús.

—Usted la ayuda con su cuerpo —comenté, tratando de sintetizar.

—No se trata de protección, ni de compasión —se defendió el hombrecito—. Todo lo contrario —dijo—: su opulencia me resulta admirable. Un cuerpo ancho, amplio, blanco, generoso. La carne se derrama, excesiva, como si la naturaleza, en su caso, hubiera querido hacer un gesto de abundancia. Los hombres y las mujeres normales, para llamarlos de alguna manera, pasan inadvertidos en medio de la muchedumbre. Ella, en cambio, sobresale. Es un cuerpo que obliga a pensar en él, atrae nuestros sentidos.

Por momentos, se exaltaba, y yo pensé que al hablar se volvía más consciente de lo que sentía.

—¿No teme ser aplastado, sucumbir bajo el peso? —pregunté irónicamente—. La desproporción causaría miedo a más de uno —dije en un rapto de sinceridad.

—Posiblemente usted me está hablando de *su* miedo —respondió con sagacidad—. He comprobado ese miedo del que usted habla en otros hombres: no les gusta la idea de que ella es más alta, más gruesa, seguramente más fuerte. Se trata de hombres oscuramente dominadores, aunque lo disimulen bajo buenos modales. Se sienten temerosos, confundidos. A mí, en cambio, esta desproporción me fascina. Los arponeros quieren vencer a la ballena y matarla; yo, en cambio, quiero amarla en sus medidas excesivas, en la torpeza de sus movimientos, en su valor y en su no valor —concluyó.

—Usted quiere pasearse con la ballena por la calle —confirmé.

—A ella le gusta que yo sea un hombre bajo y delgado —dijo, sin escuchar mi observación anterior—. Bien mirado —agregó—, no soy ni tan bajo ni tan delgado: ella me mira desde su altura, desde su anchura. Como si estuviéramos jugando en una galería de espejos deformantes. Nuestra desproporción le parece «graciosa» —afirmó.

—Me parece que se está quejando de algo —observé.

El hombrecito se puso melancólico.

—Me gustaría causarle algo más que «gracia» —confesó.

—¿No está enamorada de usted? —pregunté.

—Alguien tan pleno, tan *abastecido* como ella sólo puede tener, hacia los demás, sentimientos superficiales.

—¿Cree que a ella no le falta nada, sólo porque tiene un cuerpo tan enorme? —pregunté, asombrado.

—Hay una secreta relación entre el cuerpo y los sentimientos —afirmó—. Un cuerpo tan vasto tiene muchas necesidades, es verdad: debe comer mucho, encontrar ropa adecuada, lavarlo con esmero, controlar el metabolismo de los lípidos y los hidratos de carbono, pero esa cantidad de ocupaciones, y los placeres que le corresponden, dejan poco tiempo, poca disponibilidad para amar a otro. Yo diría que se trata de un cuerpo destinado casi exclusivamente a la sensualidad, no a los sentimientos. Un cuerpo que sabe autoabastecerse, suficiente.

El hombrecillo calló y me pareció que había tocado el lugar de la duda; quizás, no convenía seguir hablando.

—Ha sido muy amable al escucharme —me agradeció el hombrecito, como si de pronto, hubiera regresado de una travesía: la del humo del cigarrillo, la excursión a los patios interiores de la fantasía. Miró el reloj de su puño, y luego, nerviosamente, me preguntó—: ¿Son las seis de la tarde, exactamente?

Consulté mi reloj y le respondí que sí.

—Entonces, debo irme —dijo, apresuradamente—. A las seis, tengo una cita con ella, y se trata de una cita de gran puntualidad.

Debo haber esbozado un gesto de asombro, o quizás de decepción, ante su partida, porque de inmediato me explicó:

—A las seis y cinco, en punto, ella, con paso majestuoso, como corresponde a su gran anatomía, volverá la esquina.

Yo, que iré a toda marcha, pero en sentido contrario, me toparé de lleno contra ella. Una gran topada, ¿entiende? —me contó el hombrecito, muy excitado—. Sólo que no me toparé con un muro, como si fuera una cabra, sino contra su ancho y mullido pecho. Quiero decir que yo, entero, chocaré contra esa gran masa de carne: mi cabeza se hundirá en la almohada de sus senos, que me golpearán las mejillas como sacos de punch. Cerraré los ojos, sacudido por el impacto, y, cuando los abra, sólo veré el inmenso globo de sus pechos hinchados. Mi cintura chocará contra su vientre, y éste, pleno, me hará rebotar, como un balón. Sus grandes y firmes brazos me rodearán, entonces, como hace una madre con su hijo pequeño, y me mecerá tiernamente, lamentando el accidente ocurrido —dijo.

Y partió a toda velocidad, sin mirarme.

Me quedé sentado, frente a la ventana. Quizás, si estiraba el cuello, podría presenciar el encuentro, la colisión. El accidente casual, en apariencia. Lo podría ver, pero no podría gozarlo: soy un hombre alto y fornido.

Desastres íntimos

La botella de lejía no se abrió. Patricia se sintió frustrada y, luego, irritada. «Nuevo tapón, más seguro», decía la etiqueta del envase. El sábado había hecho las compras, como todos los sábados, en un gran supermercado, lleno de latas de cerveza, conservas, fideos y polvos de lavar. La marca de lejía era la misma y, al cogerla del estante, no advirtió el nuevo sistema de tapón. «Ahora, mayor comodidad», decía la etiqueta, y la leyenda le pareció un sarcasmo. Eran las siete menos cuarto de la mañana; tenía que darle el biberón a su hijo, vestirlo, colocar sus juguetes y pañales en el bolso, bajar al garaje, encender el auto y apresurarse para llegar a la guardería, antes de que las calles estuvieran atascadas y se le hiciera tarde para el trabajo. Arterias, llamaban a las calles; con el uso, unas y otras se atascaban: el colapso era seguro.

Después de dejar a Andrés en la guardería le quedaban quince minutos para atravesar la avenida, conducir hasta el aparcamiento de la oficina y subir en el ascensor, planta veintidós, Importación y Exportación, Gálvez y Mautone, S.A. Debía intentar abrir el tapón. Tenía que serenarse y estudiar las instrucciones de la etiqueta. En efecto: en el vientre de la botella había un dibujo, y, debajo, unas letras pequeñas. El dibujo representaba el tapón («Nuevo diseño, mayor comodidad») y unos delgados dedos de mujer, con las uñas muy largas. El texto decía: «Para abrir el tapón apriete en las zonas rayadas». Miró el reloj en su muñeca. Faltaba poco para las siete. Nerviosamente, pensó que no tenía tiempo para buscar las zonas rayadas del tapón, como ninguno de sus amantes había tenido tiempo para buscar sus zonas erógenas. La vida se había vuelto muy urgente: el tiempo escaseaba. Aun así, alcanzó a descubrir unas muescas, que era lo máximo que sus amantes habían descubierto en ella. Según las instrucciones de la botella, ahora debía presionar con los dedos para desenroscar el tapón. Alguno de sus estúpidos examantes también había creído que todo era cuestión de presionar. Efectuó el movimiento indicado por el dibujo, pero la rosca no se movió. «Ahora, levante la tapa superior», decía el texto. ¿Cuándo era «ahora»? Uno de sus amantes había pretendido, también, que ella dijera «ahora», un poco antes del momento culminante. Le pareció completamente ridículo. Como a un niño que se le enseña a cruzar la calle, o a un perrito cuando debe orinar. Sin embargo, los asesores de publicidad de la empresa donde ella trabajaba solían decir que había que tratar a los consumidores como si fueran niños: explicarles hasta lo más obvio. ¿Ella era una niña? ¿Que el tapón de la maldita botella no se abriera significaba que algo había fracasado en su sistema de aprendizaje? ¿Los empresarios de la marca de lejía habían diseñado el nuevo tapón para mujeres-niñas que criaban a hijos-niños, que a su vez engendrarían nuevos consumidores-niños hasta el fin de los siglos? Algo había fallado en el diseño. O era ella. Porque la tapa no se había abierto. Y se estaba haciendo demasiado tarde. «Serénate», pensó. Los nervios no conducían a ninguna parte. Desde que Andrés había nacido (hacía dos años), su vida estaba rigurosamente programada. Se levantaba a las seis de la mañana, se duchaba, tomaba su desayuno con cereales y vitamina C, se vestía (el aspecto era muy importante en un trabajo como el suyo) y, luego, llevaba a Andrés a la guardería. De allí, lo más rápidamente posible, hasta su trabajo. En el trabajo, hasta las cinco de la tarde, volvía a ser una mujer independiente y sola, una mujer sin hijo, una empleada eficiente y responsable. A la empresa no le interesaban los problemas domésticos que pudiera tener. Es más: Patricia tenía la impresión de que, para los jefes de la empresa, la vida doméstica no existía. O creían que sólo la gente que fracasaba tenía vida doméstica.

A la salida de la oficina, iba a buscar a Andrés. Lo encontraba siempre cansado y medio dormido, de modo que conducía de vuelta a su casa, a la misma hora que, en la ciudad, miles y miles de hombres y de mujeres que habían carecido de vida doméstica hasta las seis de la tarde también conducían sus autos de regreso, formando grandes atascos. Después tenía que dar de comer al niño, bañarlo, acostarlo y ordenar un poco la casa. Le quedaba muy poco tiempo para las relaciones personales. (Bajo este acápite, Patricia englobaba las conversaciones telefónicas con el padre de Andrés, o con la ginecóloga que controlaba sus menstruaciones y hormonas. Alguna vez, también, llamaba por teléfono a un examigo o examante: no siempre se acordaba de si alguna vez fueron lo uno o lo otro, y a las once de la noche, luego de una jornada dura de trabajo, la cosa no revestía mayor importancia). Los sábados iba a un gran supermercado y hacía las compras para toda la semana. Los domingos llevaba a Andrés al parque o al zoo. Pero el único parque de la ciudad estaba muy contaminado, y en cuanto al zoológico, el ayuntamiento había puesto en venta o en alquiler a muchos de sus animales, ante la imposibilidad de mantenerlos con el escaso presupuesto del que disponía. Si el tiempo no era bueno, Patricia iba a visitar a alguna amiga que también tuviera hijos pequeños: Patricia había comprendido que las mujeres con hijos y las mujeres sin hijos constituían dos clases perfectamente diferenciadas, incomunicables y separadas entre sí. Hasta los treinta y dos años, ella había pertenecido a la segunda, pero desde que había puesto a Andrés en el mundo (con premeditación, todo sea dicho), pertenecía a la primera clase, mujeres con hijos, subcategoría madres solteras. En este riguroso plan de vida, no cabían los fallos ni la improvisación. No cabía, por ejemplo, un maldito tapón que no pudiera abrirse.

«Serénate», volvió a decirse Patricia. Podía prescindir de la lejía, pero, al hacerlo, se sentía insegura, humillada. Si no podía abrir un simple tapón de lejía, ¿cómo iba a hacer otras cosas? Los fabricantes, antes de lanzar el nuevo envase al mercado, debían haber realizado todas las pruebas pertinentes. Un elemento doméstico de uso tan extendido está dirigido a un público general e indiferenciado; los fabricantes optan por sistemas fáciles y sencillos, de comprensión elemental, al alcance de cualquiera, aun de las personas más ignorantes. Pero ella, Patricia Suárez, treinta y tres años, licenciada en Ciencias Empresariales y empleada en Gálvez y Mautone, Importación y Exportación, madre soltera, mujer atractiva, eficiente y autónoma, no era capaz de abrir el ta-

pón. Tuvo deseos de llorar. Por culpa del tapón se estaba re-
trasando; además, estaba nerviosa, no sabía qué ropa ponerse
y seguramente llegaría tarde al trabajo. Y tendría un aspecto
horroroso. En su trabajo la apariencia era muy importante.
La *apariencia*: qué concepto más confuso. No había tiempo
para conocer nada, ni a nadie: había que guiarse por las apa-
riencias, todo era cuestión de imagen. Iba a contarle a su psicoanalista el incidente del tapón. Cuando no se tiene un buen
amante, es necesario tener un buen psicoanalista: igual que
un buen abogado, o un buen dentista. Por cuestiones de hi-
giene, como la limpieza del cutis, del cabello o de la mente.
Iba al psicoanalista antes de que naciera Andrés. En realidad,
la decisión de tener un hijo la discutió consigo misma ante el
oído ecuánime o indiferente —Patricia no lo sabía— del psicoanalista. «Sea cual sea su decisión —había dicho él—, yo
estaré de acuerdo con usted». Patricia pensó que le habría
gustado que un hombre —no el psicoanalista— le hubiera
dicho lo mismo. Pero no lo había tenido. El padre de Andrés
no quería tener hijos, y cuando se enteró del embarazo de Patricia, se consideró engañado, de modo que aceptó —a regañadientes— que su paternidad se limitaría a la inscripción
del niño en el Registro Civil. Él no quería hijos y Patricia no
quería un marido: a veces, es más fácil saber lo que no se
quiere. Mientras intentaba abrir el tapón, Patricia pensó que
la relación más estable de su vida era con el psicoanalista. Se
le ocurrió que los psicoanalistas varones eran como machos
cabríos: les gustaba tener una manada de mujeres depen-
dientes, sumisas, frustradas, que trabajaban para él y lo con-
sultaban acerca de todas las cosas, como si él fuera el gran
macho, el macho alfa, el patriarca, la autoridad suprema,

Dios. Seguramente, si le contaba al psicoanalista la resistencia del tapón de lejía, él le iba a pedir que analizara los posibles significados de la palabra *tapón*. Ella diría que, cuando veía un tapón de botella (especialmente si se trataba del corcho de una botella de vino o de champán), pensaba en Antonio, el padre de Andrés, por su aspecto retacón. Enseguida, agregaría que siempre le gustaban los hombres feos, quizás porque con ellos se sentía más segura: por lo menos, era superior en belleza.

La lejía no se abría. Eran las siete y media, aún no había despertado a Andrés y no había decidido qué ropa iba a ponerse. Se le ocurrió que podía salir al rellano y, con la botella de lejía en la mano, golpear la puerta de un vecino, para que la abriera. A esa hora temprana, la mayoría de los hombres del edificio estarían afeitándose para ir al trabajo, y, aunque la vida moderna impide que los vecinos de una planta se conozcan y se hagan pequeños favores, como prestarse un poco de harina, una taza de leche o el descorchador, la visión de una débil y desprotegida mujer, desconcertada ante un envase de imposible tapón, halagaría la vanidad de cualquier macho del mundo. El vecino, en pantalón de pijama y con la cara a medio afeitar, saldría a la puerta, y con un solo gesto, firme, seco, viril (como el tajo de una espada), desvirgaría la botella, la degollaría. Le devolvería la lejía desvirgada con una sonrisa de suficiencia en los labios, y le diría alguna frase galante como: «Sólo se necesitaba un poco de fuerza» o «Llámeme cada vez que tenga un problema»: una frase ambigua y autocomplaciente, que reforzara su superioridad masculina. Ella lo aceptaría con humildad, porque era demasiado tarde y porque su madre siempre le había dicho lo difícil que era, para una mujer, vivir sola, sin un hombre al lado. Después de escucharla muchas veces (su madre enviudó muy joven), Patricia tuvo la sensación de que la dificultad (esa sobre la que su madre insistía repetidamente) era una confusa mezcla de enchufes rotos, puertas encalladas, reparaciones domésticas, miedo nocturno, soledad e impotencia. Sintió que la dificultad tenía que ver oscuramente con el tapón. En ausencia de un hombre que arreglara los enchufes y abriera los tapones rebeldes, Patricia había considerado la posibilidad de tener una empleada doméstica. Pero no ganaba siquiera lo suficiente como para pagar el alquiler del apartamento, la guardería del niño, la gasolina, la ropa adecuada para su trabajo, muy exigente, la peluquería y la sesión semanal con el psicoanalista. El psicoanalista era mucho más caro que una empleada de servicio, aunque en ambos casos se trataba de limpiar. El psicoanalista no sólo era el macho alfa de la manada: también era un deshollinador. Entonces, mientras lidiaba con el tapón, recordó que al mediodía tenía un almuerzo de negocios con el director de una fábrica de lencería femenina. La lencería femenina se había puesto de moda, en los últimos años, y, en lugar de un coito a pelo seco, muchas personas preferían deleitarse con una gama de ligueros, bragas, sujetadores y arneses que excitaban la imaginación. No podía perder más tiempo. Tenía que despertar a Andrés, lavarlo, darle el biberón y vestirlo. Miró con hostilidad la botella de lejía, impoluta, de envase amarillo y tapón azul, que se erguía, incólume, a pesar de todos sus esfuerzos. No, no era que ella no pudiera: seguramente, se trataba de un error de la fabricación. El que diseñó el tapón debía de ser un hombre. Un macho engreído, autosuficiente, seguro de sí mismo. Diseñó un tapón fallido, un tapón que las manos de una mujer no podían abrir, porque él, con toda probabilidad, jamás se había fijado en las manos de una mujer, en su fragilidad, en su delicadeza. El artilugio nuevo había sustituido al anterior, y ahora, en este mismo momento, en Barcelona, en New York, en Los Ángeles y en Buenos Aires (la lejía era de una importante multinacional), miles de mujeres luchaban para desenroscar el tapón, mientras Andrés empezaba a llorar, seguramente se había despertado hambriento e inquieto, su reloj biológico tenía requerimientos imperiosos, le indicaba que algo no iba bien, había ocurrido un accidente, un desperfecto, mamá la dadora, mamá el pecho bueno no venía a alimentarlo, no lo mecía, no lo besaba, no lo limpiaba, no lo vestía. Andrés empezaba a llorar como estaba a punto de llorar ella. Se hacía tarde, el niño tenía hambre, ella se retrasaba y el jefe no admitía explicaciones, carecía de vida doméstica, como todos los jefes, por lo cual no tenía lejía, ni tapones: el jefe era un tipo soberbio sin ropa que lavar, ni trajes que limpiar, los calcetines usados los tiraba a la basura, comía en el restaurante y no tenía hijos. A la mañana, Andrés sólo bebía la leche si se la administraba con el biberón. Debía de ser un resabio de su etapa de lactante. Cuando nos despertamos, pensó Patricia, casi todos somos bebés. Biberón sí, taza no. Cereales con miel sí, con azúcar no. Era así: los niños estaban atravesados por el deseo, algo que los adultos no se podían permitir. ¿El deseo de la botella de lejía era permanecer cerrada? «No seas tonta, Patricia —se dijo—, los objetos no tienen deseos». Bien, si no era el deseo de la botella, debía ser el deseo del que inventó el tapón. A ninguna mujer se le ocurriría que para abrir una botella de lejía era necesario emplear la fuerza. En el fondo, el inventor había diseñado el tapón perfecto: mudo y silencioso en su opresión, incapaz de abrirse, de soltar su tesoro, como algunos virgos queratinosos. (No recordaba dónde había leído eso. Seguramente en alguna revista, en el dentista o en la peluquería. Era el único tiempo del que disponía para leer). El inventor debía de ser un tipo al que no le gustaba que las cosas se salieran de madre; pensaba que las cosas tenían que estar siempre contenidas. Atrapadas. Posiblemente, para él, la botella de lejía era un símbolo fálico. Guardar el semen, no perderlo ni malgastarlo, no derrocharlo inútilmente. Como Antonio, que hacía el amor siempre con preservativos, para evitar la paternidad. Ella hubiera jurado que, sin embargo, Antonio miraba con cierta nostalgia el líquido seminal que expulsaba en el inodoro: quizás lamentaba el desperdicio. El semen siempre olía un poco a lejía. Y Andrés estaba llorando. Patricia iba a tomar una decisión: abandonaría el frasco de lejía con su tapón hermético, indestructible. Lo dejaría sobre la mesa, luciendo su virginidad impenetrable y olvidaría el incidente. La última vez que había llorado por algo semejante fue cuando las tuberías se atascaron. Nadie le había enseñado nunca el funcionamiento de las tuberías: ni en la escuela, ni en la Universidad de Ciencias Empresariales. Y las tuberías del edificio donde vivía se atascaron en su ausencia, a traición, mientras estaba en la oficina. Ella había regresado ingenuamente a su hogar, como todos los días, sin saber que, al abrir el grifo, las tuberías iban a estallar. Sin previo aviso. De pronto, de las entrañas del edificio empezaron a salir líquidos extraños, malolientes, turbulentos y de colores sórdidos. Ella no entendía qué estaba pasando. Había alquilado el apartamento recientemente, y por un precio que de ninguna manera se podía considerar una ganga. Y ahora, de pronto, parecía que el apartamento se desgonzaba, que se licuaba en sustancias repugnantes, como ese cuadro, *Europa después de la lluvia*, que había visto en una exposición. Quiso pedir ayuda por teléfono, pero la voz automática de un contestador le contestó que, por un desperfecto de las líneas de la zona, lo lamentamos mucho, las comunicaciones telefónicas están interrumpidas. Y el agua avanzaba por los suelos. Se echó a llorar, sin saber qué hacer. Entonces, aunque nadie lo esperaba, apareció Antonio, el padre de su hijo. Aparecía y desaparecía sin aviso, era una forma de dominación, pero ella no se lo había reprochado nunca. «Todo no se puede decir», observó el psicoanalista, en una ocasión, pero Patricia pensaba que, con Antonio, *nada* se podía decir. Era muy susceptible. Antonio entró con su llave (que nunca le había querido devolver: insistía en que debía poseer la llave de la casa donde vivía su hijo) y la vio llorando, en medio de la sala, mientras un agua oscura, pegajosa, corría por el suelo y amenazaba con mojarle los zapatos. Era un hombre pulcro, muy obsesivo con la ropa, y no pudo evitar un gesto de disgusto. Este gesto recrudeció el llanto de Patricia. En realidad, no tenía que importarle lo más mínimo que Antonio se ensuciara los zapatos y el bajo de los pantalones, pero se sintió inexplicablemente culpable e insegura, tuvo lástima de sí misma y continuó llorando. Él no dijo nada (echó una mirada atenta y abarcadora que comprendió toda la situación: las tuberías repletas, el suelo inundado, el llanto de Patricia, su culpabilidad e impotencia) y, luego de estudiar el panorama, se dirigió rápidamente a la cocina, a un panel oculto entre el zócalo y la pared, dentro de un cajón, y con un par de pases enérgicos, inconfundiblemente masculinos, suspendió el chorro de agua. Patricia dejó de llorar, sorprendida. El empleado que hizo las instalaciones, cuando se mudó a ese piso, le había dicho que por ningún motivo del mundo tocara esas llaves, y ella había acatado la orden tan estrictamente que las olvidó por completo.

Una vez cortado el chorro de agua, Antonio llamó al portero por el intercomunicador del edificio (que ahora funcionaba) y le pagó para que secara el agua que inundaba el apartamento. Así eran los hombres de eficaces. Satisfecho de sí mismo, se sintió generoso y la invitó a tomar un refresco, con el niño, en el bar de la esquina, mientras el portero secaba el agua del suelo. No hablaron de nada, pero él le dio un consejo. Le dijo: «No debes llorar porque una tubería se ha roto». Entonces Patricia, con mucha tranquilidad, de una manera muy serena, le arrojó el refresco a la cara, con su contenido de líquido y pequeñas burbujas de naranja. El líquido manchó la solapa del traje claro, nuevo, que él acababa de estrenar.

Ahora estaba llorando otra vez, pero no tenía a quien arrojarle la botella de lejía. Gimoteando, comenzó a vestir al niño.

—No creas que estoy llorando sólo porque el tapón de la botella de lejía no quiere abrirse —le explicó, como en un soliloquio—, sino por la sospecha que eso ha introducido en mí. Al principio, es verdad, pensé que se trataba de un fallo personal. Pensé que era yo, que no podía. Pero no se trata de mí, sino del tapón. Han fabricado un nuevo envase con fallos, han puesto las botellas en las estanterías y las hemos comprado con inocencia. Por culpa de eso se me ha hecho tarde, llegaremos con retraso a la guardería y a mi trabajo. No podré decirle al jefe una cosa tan simple como que el tapón de la lejía no se abría. Es un hombre muy eficaz, muy importante: carece de vida doméstica. Sólo le conciernen las cotizaciones de la Bolsa, las guerras de mercados, las especulaciones con divisas y las campañas publicitarias. Podré decir, a lo sumo, que me retrasé por un atasco. Los atascos, hijo mío, son muy respetables. Son más respetables que un dolor de cabeza, la enfermedad de un pariente o la rotura de una tubería. Y tú —continuó Patricia, dirigiéndose al niño, pero como hablando para sí misma— no has llorado sólo porque tenías hambre. Has llorado porque el tapón de lejía no se abría, yo estaba nerviosa y dudé de mí misma.

Esa tarde, mientras conducía hasta el consultorio del psicoanalista (todo había salido relativamente bien, a pesar del retraso), pensó que las lágrimas de las mujeres, esparcidas por la ciudad, eran un río blanco, ardiente, un río de lava, un río insospechable que circulaba por las entrañas oscuras, un río sin nombre, que no aparecía en los mapas.

—El tapón de lejía no se abrió —le dijo Patricia al psicoanalista, en cuanto comenzó la sesión— y no estoy dispuesta a perder el tiempo con interpretaciones. Es un hecho: el nuevo sistema de rosca de esa marca no funciona. Llamé a la distribuidora del producto. Había recibido numerosas quejas. El nuevo tapón fue diseñado por un ingeniero industrial ávido de éxito, supongo, fuerte, seguro de sí mismo, pero ha sido un fracaso. Van a retirar los envases de circulación. En cuanto a mí —afirmó Patricia con decisión—, voy a pedir una indemnización.

—¿A la fábrica del producto? —preguntó el psicoanalista, sorprendido.

—Al padre de Andrés, por supuesto —respondió Patricia—. No se hace cargo de ningún gasto. Como si el niño no le concerniera.

Cuando llegó a su casa, Patricia se dirigió directamente a la cocina. Buscó un cuchillo de punta afilada, y, sin titubeos, agujereó el tapón. Lo perforó por el centro con una herida limpia y perfecta. La botella perdió toda su virilidad.

El testigo

Me crie entre las amigas de mi madre. No sé cuántas fueron, ni siquiera puedo decir que las recuerdo a todas, pero de algunas no me he olvidado, y, aunque no las haya vuelto a ver, o sólo aparezcan por la casa muy esporádicamente, sé quiénes son y les guardo simpatía. No he jugado con otros niños, sino con las amigas de mi madre. En realidad, soy un tipo bastante solitario, y prefiero las máquinas a la compañía de otros como yo. Las máquinas, o las amigas de mi madre. En primer lugar, aparecen de una en una. Hay periodos enteros en que mi madre sólo tiene una amiga, que prácticamente vive en nuestra casa, comparte con nosotros la comida, las sesiones de vídeo, los programas de televisión, los paseos, los juegos y las noches. Siempre han sido muy tiernas conmigo.

—Me gusta mucho que no haya otros hombres en la casa —le dije una vez a mi madre, agradeciéndole que mi infancia no haya estado ensordecida por los gritos de un padre violento o de un amante exigente.

Las mujeres son mucho más dulces. Con ellas, me entiendo mejor. No me hubiera gustado compartir la casa con otros hombres; compartirla, en cambio, con las amigas de mi madre me parecía encantador.

Creo que mi madre pensaba lo mismo. Desde que ella y mi padre se separaron —siendo yo muy pequeño—, la casa estuvo visitada sólo por mujeres, y eso era muy tranquilizador. Supongo que para mi padre también. La más antigua que recuerdo era una muchacha de piel bastante morena, voz aguda y brillantes ojos negros. Mi madre era muy joven, entonces, y yo sólo tenía tres años. Dimos muchos paseos juntos; yo dormía en mi habitación, y ellas dos, juntas, en el cuarto de mi madre. Pero yo a veces me levantaba, por la noche, y aparecía en la habitación grande. Entonces, una de las dos me tomaba en brazos, me arrullaba, y yo me dormía entre ambas, acunado por el calor de sus cuerpos desnudos. Otra, en cambio, tenía largos cabellos rubios, y a mí me daba mucho placer dejar perder mis dedos entre ellos, como mariposas de verano. Mi madre se los peinaba con mucho cuidado, deslizaba el ancho peine de carey entre la cabellera sedosa que llegaba casi hasta la cintura, mientras yo observaba. (Lamenté entonces, muchas veces, no haber nacido niña, para que mi madre peinara con unción y recogimiento mi pelo; lamenté muchas veces ser niño de cabellos cortos y perderme, de esa manera, algo que les proporcionaba tanto placer). Hubo otra, en cambio, de aspecto más viril: tenía los hombros anchos, era robusta, hablaba con voz muy grave y parecía ser una mujer muy fuerte. Ésta solía comprarme muchos juguetes: me regaló una bicicleta, varios puzzles, me proponía siempre juegos de competición y me desafiaba a saltar, a boxear y a nadar. Yo no le tenía tanto afecto como a las otras, pero disfrutaba mucho con sus bromas y ganándole al ajedrez. Mi madre se molestaba un poco con la atención excesiva que me prestaba, y creo que alguna vez discutieron por eso, pero yo la tranquilicé, diciéndole a mi madre que yo la prefería sin lugar a dudas a ella, que era más bella y más inteligente.

La última fue una joven actriz. Había protagonizado una película, que yo no vi, porque mi madre consideró que no era adecuada para mí. Teníamos que protegerla, esto fue lo que me dijo mi madre. Había tenido una infancia desgraciada y ahora necesitaba aprender muchas cosas, antes de continuar su carrera: nosotros íbamos a darle un hogar y los conocimientos que le hicieran falta.

Mi madre es una mujer muy generosa. Siempre está ayudando a alguien, y me ha educado en el mismo sentido. Hemos ayudado a muchas mujeres, aunque después hayan desaparecido de la casa. En nuestro hogar encuentran techo, comida, calor, libros, música y cariño. A la joven actriz se veía de lejos que le hacía falta protección: aunque era alegre, divertida y muy simpática, no era muy constante y más bien carecía de método.

—Aprenderás con mi hijo a estudiar —le dijo mi madre.

En efecto, desde el principio, mi madre le indicó deberes: tenía que hacer ejercicios de inglés, de francés, y le recomendó una serie de libros que debía leer, de la biblioteca de nuestra casa.

Era hermoso verlas juntas leyendo a viejos poetas, escuchando ópera y probándose ropa, intercambiando vestidos. A veces, la actriz se ponía la falda y una blusa de mi madre; otras, era mi madre quien se vestía con sus pantalones, el sombrero inglés y la bufanda blanca. Supe, por mi madre, que la actriz había abandonado su hogar, que no era realmente un hogar, y ahora, en nuestra casa, encontraba por fin uno.

—A ti te vendrá bien su compañía —me dijo mi madre—, porque cada vez estás más solitario.

En efecto, me gustó su compañía. Helena tenía unos grandes ojos azules, era alta, delgada, y su cuello, muy largo y blanco, parecía el cuello de un vaso. Me aficioné a ella. La dejaba entrar a mi habitación —a la cual ni siquiera mi madre tenía acceso—, le enseñaba mis dibujos, escuchaba mis discos favoritos. Me gustaba mirarla. Tenía unos movimientos ágiles y sutiles, no torpes, como los míos (he crecido mucho, en los últimos tiempos, y no controlo bien mis miembros); hablaba con una voz delicada y suave, pero llena de sugestión, y, cuando se acercaba a mí, yo sentía vagos estremecimientos. Especialmente, me gustaba contemplar con ella mi colección de lepidópteros. Se entusiasmaba con los dibujos de las alas de las mariposas, y pronto aprendió a clasificarlas. Hicimos varias excursiones al campo, en busca de especies raras, mientras mi madre, en el auto, nos esperaba leyendo alguno de sus libros.

Mi madre le enseñó también a cocinar, y a veces ella nos sorprendía preparándonos algún plato que nos gustaba.

De noche, dormían juntas en la habitación de mi madre. Yo intentaba demorar este momento, porque me había acostumbrado a su presencia y no tenía ganas de irme a dormir. Pero, una vez que mi madre daba la orden de retirarse, era muy difícil disuadirla.

A la mañana, antes de irme al instituto, yo pasaba por la habitación de mi madre, a despedirme. La puerta estaba siempre cerrada; yo golpeaba con suavidad y, cuando escuchaba que mi madre estaba despierta, empujaba un poco y penetraba en el cuarto en tinieblas. Me costaba un poco adivinarlas en la oscuridad, pero al rato mis ojos descubrían los dos cuerpos, uno junto al otro. Helena siempre estaba dormida, porque seguramente tenía el sueño más pesado. Besaba entonces a mi madre, sin hacer ruido, y me despedía. Pero una vez que entré sin llamar, encontré a Helena semidormida, con una bata transparente: el nacimiento de sus senos se descubría, precoz, bajo la tela, y sus muslos, firmes y brillantes, asomaban entre las sábanas.

El descubrimiento me deslumbró. Ese día, en el instituto, estuve poco concentrado, distraído e inquieto, lo cual asombró mucho a mis profesores.

Volví a la casa nervioso y excitado, esperando encontrar a Helena. Estaba, en efecto, en la cocina, preparando un postre, y me contenté con rodearla, con dar brincos y saltar a su alrededor para llamar la atención.

—Quédate quieto —me dijo ella, riendo.

Yo adoraba su risa. Era juguetona, atrevida, un poco infantil. En cambio, la risa de mi madre era grave, baja, madura. La risa de una mujer que sabe ser severa.

Después de comer, ellas dos se quedaron en el salón, compartiendo la lectura de un libro. Yo me paseaba, nervioso, por mi cuarto, sin deseos de estudiar, ni de jugar con las máquinas. Tenía ganas de estar con Helena, pero era la hora en que ella pertenecía a mi madre.

Fui al baño, y me masturbé. Lo hice pensando en los senos de Helena y en las piernas de mi madre. Ah, las piernas de mi madre. Antes, cuando yo era pequeño, mi madre solía pasearse casi desnuda por la casa, luciendo sus hermosas piernas blancas. Son anchas, luminosas, como dos columnas romanas. Ni siquiera las piernas de Helena me gustaban tanto como las piernas de mi madre. Ahora, desde que Helena está entre nosotros, mi madre ha dejado de pasearse casi desnuda ante mí.

Después de un rato, escuché cerrarse la puerta de la habitación grande. Seguramente las dos habían ido a echarse un rato en la cama, juntas. Imaginar ese momento me causaba dolor y placer al mismo tiempo. Podía adivinar, como en una pantalla, a mi madre, quitándose la blusa blanca, de seda, y a Helena, despojándose de sus pantalones de terciopelo negro. Podía imaginar la piel de mi madre, y la piel blanca de Helena. Podía verlas comparando sus senos, sus muslos, sus pubis. Todo en silencio, para no provocar mi curiosidad. Todo en silencio, para simular que dormían.

No necesitaba espiar por el ojo de la cerradura. Esa escena la conocía, sin haberla visto nunca. La puerta permanecía bloqueada, con ellas adentro, cerrada para mí. Yo era el excluido, el rechazado, el ausente. Imaginé mil y una estratagemas para intervenir, para interrumpir la escena que se desarrollaba en el interior de la habitación de mi madre, pero sabía que finalmente no recurriría a ninguna, por cobardía. No me sentía con valor para interrumpir a mi madre, y tampoco estaba seguro de poder resistir la visión de los dos cuerpos simétricos, tendidos en la cama.

Esa noche estuve inapetente, a la cena, y algo hostil. Conseguí fastidiar a mi madre, quien exclamó:

—Me gustaría saber qué te ocurre. Estás de un humor insoportable.

Pero Helena terció a mi favor. Me guiñó los ojos, me sonrió y tocó mi pierna, por debajo de la mesa. Su complicidad me reconfortó. Retuve un poco su pie con el mío y, deliberadamente, volqué la copa de vino sobre el mantel, para molestar a mi madre.

Esa noche me fui a mi habitación mientras las escuchaba discutir en el salón. Mi pequeño arrebato de malhumor había conseguido perturbarlas, y, contento con esa pequeña venganza, cerré la puerta de mi cuarto.

Una semana después obtuve el Premio de Dibujo organizado por el instituto. Regresé, emocionado, a casa, dispuesto a darle una gran alegría a mi madre. Abrí la puerta, con mi llave, y no encontré a nadie en la casa. Es cierto que había regresado más temprano de lo previsto, pero estaba entusiasmado con el premio y quería compartirlo con ella. La casa estaba en silencio. Iba a encerrarme en mi habitación, cuando descubrí luz en el cuarto de mi madre. Me acerqué a la puerta, que estaba cerrada, y llamé.

—Estoy con jaqueca —respondió mi madre, sin abrir.

Pero escuché movimientos en la habitación, un crujido de ropas y de sábanas.

Intuí que Helena estaba adentro. Tuve un acceso de angustia, los ojos se me llenaron de lágrimas.

—Ya salgo —anunció mi madre, advirtiendo, quizás, que yo no me había movido del umbral.

Pero yo irrumpí en la habitación. Creo que me ruboricé. Mi madre estaba en cuclillas, a medio vestir, buscando en el suelo, como una perra, las prendas que le faltaban. Me irritó encontrarla en esa posición.

—¡Vete! —me ordenó, imperiosa, pero me quedé.

Tenía los pies desnudos, y estaba vestida tan sólo con una malla negra, de encaje. Vi sus hermosas piernas blancas, los senos opulentos apenas ocultos por el entramado, la inflamación de sus labios, su cabello desordenado. Al lado, tendida aún en la cama, estaba Helena. Estúpidamente, se echó a reír. Estaba desnuda y, cuando me vio, intentó cubrirse con la sábana.

Me abalancé sobre las dos. Soy muy alto, y mi fuerza empujó a mi madre sobre el lecho. La sorpresa hizo que emitiera un grito, feroz y grave:

—¡Vete!

Pude sujetarlas a ambas sobre el lecho. Helena reía, tontamente, desconcertada. Mi madre, en cambio, estaba sorprendida, y no alcanzaba a comprender el sentido de mi irrupción en la habitación, que rompía el acuerdo tácito que había entre nosotros. Las sujeté a ambas con los brazos, y yo también emití un grito grave, sordo, dolorido.

Helena, ahora, había comenzado a llorar. No me gustan las mujeres que lloran. Nunca vi llorar a mi madre: creo que jamás se permitió una debilidad semejante frente a mí. Desprecié súbitamente a Helena por ser tan floja.

—¡Bésala! —le ordené.

Helena se sentó en la cama, cubriéndose con la sábana, mientras yo sujetaba a mi madre, y, con la cara cubierta de lágrimas, me miró sorprendida.

De un golpe, retiré las sábanas de la cama. Fue un gesto rápido y violento. El cuerpo de Helena apareció, largo y estrecho, los acentuados huesos de los hombros, sus pezones como uvas moradas, el vello muy oscuro del pubis, las rojas uñas de los pies. Vi, también, el cuello ancho de mi madre, todavía con manchas rosadas, los brazos blancos y lácteos.

—¡Bésala! —ordené.

Helena, entre sollozos, se acercó tímidamente a mi madre. La besó en la boca. Fue un beso torpe, desordenado, pero yo insistí.

—¡Bésala!

Mi madre luchaba por zafarse de mis brazos, pero es una mujer con poca fuerza, a pesar de su altura, y no conseguía librarse.

—Ahora —ordené—, cógele los senos.

Helena me miró con incredulidad.

—¡Hazlo! —bramé.

Me di cuenta de que me tenía miedo. Lentamente, con vacilación, Helena acercó sus manos a los senos de mi madre.

—¡Estás loco! —gritó ella, tratando de desembarazarse de mí.

—Una vez te desembarazaste de mí —le contesté—. Esta vez no lo conseguirás —agregué.

Las manos temblorosas de Helena bordearon los senos de mi madre.

—Los pezones —indiqué—. Apriétale los pezones.

Helena me miró llena de pavor.

—Hazlo —sugerí.

Helena la tocó con brevedad.

—Más —indiqué.

Ahora sus dedos apretaban fuertemente los pezones de mi madre.

—Así —dije, asintiendo—. Cúbrela —agregué.

—¿Qué? —murmuró Helena, azorada.

—¡Que la cubras! —grité.

De un golpe, había conseguido echar a mi madre sobre el lecho. Me gustaba verla así, semidesnuda y acostada, con la malla negra de encaje y nylon cubriéndole apenas el vientre, la cintura, la parte inferior del pecho. Por las ingles asomaban algunos vellos oscuros del pubis, acaracolados.

Helena, con mucha suavidad, se acostó sobre ella.

—Así —murmuré.

Su cuerpo, más delgado y firme, cubrió el de mi madre. Vi los cabellos más cortos de Helena, sus nalgas redondas, los pies desnudos. El cuerpo de mi madre apenas sobresalía bajo el de Helena. Los brazos estaban apoyados en la almohada y las frentes de ambas se tocaban. Ahora eran cuatro senos los que yo veía, cuatro piernas, dos torsos unidos, como una prodigiosa estatua doble, como dos hermanas siamesas unidas por el cordón umbilical.

Entonces, rápidamente, bajé mis pantalones y trepé, por detrás, la pirámide que ellas dos constituían.

Encimado, yo era la tercera figura del tríptico, el único que realizaba movimientos convulsos. Me afirmé bien sobre los muslos y oprimí los dos cuerpos de las mujeres bajo mi peso. Penetré rápidamente a Helena por detrás. Ella gritó. Mi madre, al fondo, echada sobre la cama, jadeaba.

Estallé como una flor rota. Deflagré. Entonces, exhausto, me retiré. Las abandoné rápidamente. Antes de cerrar la puerta, le dije a mi madre:

—No te preocupes por mí. Ya soy todo un hombre. El que faltaba en esta casa.

La semana más maravillosa
de nuestras vidas

Estábamos en la suite de un hotel de Lexington Avenue, en Nueva York. Eva había pedido la suite, yo no hubiera tenido tanto valor. La suite tenía dos niveles: en el inferior, estaba el jacuzzi, el combinado musical y la nevera, en la parte superior había una enorme cama matrimonial, con diversos juegos de luces, bar y una pantalla de vídeo, para proyecciones eróticas, supuse. También había una mesa de despacho, provista de su ordenador y de su fax, porque quien tiene una vida erótica atractiva debe tener, también, importantes tareas públicas o privadas.

Habíamos alquilado la suite la noche anterior, creo, porque luego de hacer el amor de pie, en la cama, de espaldas, sobre la alfombra, contra la nevera, ella arriba, yo abajo, yo arriba, ella abajo, desnudas o con las prendas de lencería erótica que habíamos comprado en un sex-shop de la calle Cuarenta y cinco, mi sentido del tiempo era tan débil y escaso como mi energía. No habíamos hecho el amor la noche entera: a veces, nos detuvimos a beber champán muy frío, que Eva extraía de la nevera, o a comer esas maravillosas frutas tropicales, de colores intensos y sabor uniforme —a plástico—, que abundan en las tiendas neoyorquinas de comestibles. Fue precisamente durante una de esas pausas (mientras yo investigaba las múltiples posibilidades eróticas de los cacahuetes, que nunca faltan en las neveras de los hoteles o en las bandejas de los aviones) cuando Eva dijo:

—Tengo que llamar por teléfono a mi marido. ¿No te importa si lo hago desde la habitación?

La pregunta me cayó como un balde de agua fría. Algo que estaba necesitando, a todas luces, gracias a nuestros ejercicios amatorios. Estiré una mano hacia la mesilla de luz, sin darme cuenta de que la cama era tan grande que mi brazo no la alcanzaba: hizo una pirueta ridícula en el aire, como me sentía yo. Por suerte, Eva no me estaba mirando en ese momento, de manera que me repuse, cogí la caja de Peter Stuyvesant con dignidad, y, ganando tiempo, encendí lentamente un cigarrillo.

—No me dijiste que estabas casada —observé con voz ronca.

La ronquera se debía a los excesos del amor tanto como a la sorpresa.

—Tú no me lo preguntaste —se defendió Eva, cerrándose el albornoz blanco.

He observado que las mujeres que usan albornoz suelen cerrarlo con firmeza, en determinados momentos. Es cuando han decidido ponerse serias o suspender la sesión amatoria. Como se cierran las puertas del teatro, cuando acabó la función, echando a los últimos espectadores, aquellos que quisieran pedir un autógrafo, prolongar la obra o tomarse un café con los actores en el bar más próximo. Este gesto de las mujeres que usan albornoz quiere decir más o menos: «Querido/a mío/a: por hoy, el boliche —su cuerpo— ha cerrado. Se acabó el amor. Ahora soy una mujer vestida, es decir, dueña de mí misma. Todo lo que ha ocurrido entre nosotros/as forma parte del pasado, ha sido muy bonito, pero terminó. Si quieres continuar otro día, tendremos que negociar las condiciones». Vestida con el albornoz, Eva se tornaba inaccesible, en el mismo momento en que confesaba que tenía marido.

—No suelo preguntar el estado civil de las personas —respondí—. Es algo que la honestidad y la sinceridad obligan a informar, sin necesidad de hacer preguntas.

Eva se había sentado en el sofá de la habitación, lejos de la cama. A pesar de que el cinturón de su albornoz la ceñía estrechamente, sus hermosas piernas doradas asomaban, disparadas hacia ambos lados, con la precisión y la elegancia de un compás, más cierta lasitud indudablemente lujuriosa, que me provocaba deseos obscenos.

—Si te hubiera dicho que estaba casada, no te habrías acostado conmigo —declaró.

Efectivamente. Tengo dos principios en la vida. El primero es: «Trata a los demás como te gustaría que te trataran a ti misma», y el segundo, dice: «Las mujeres casadas tienen dueño. Son propiedad privada. Aléjate de ellas, si no quieres problemas».

—No me hubiera acostado contigo —mentí, de mal humor—. Las mujeres casadas no me gustan —continué—. Llevan un anillo al dedo, siempre están insatisfechas y mezclan el amor con el dinero.

—Eso son prejuicios —protestó Eva—. Dame un cigarrillo —ordenó.

—Tú no fumas —le reproché mientras le extendía un Peter Stuyvesant de la caja.

Si me hubiera conocido mejor, sabría que sólo ofrezco un cigarrillo apagado cuando estoy muy enojada.

—Y tú no te acuestas con mujeres casadas —replicó Eva.

Presentí que íbamos a discutir. Soy muy buena para discutir vestida, de pie o ante la mesa de un café, pero, inmediatamente después de hacer el amor, soy una inútil, incapaz de pensar.

—Me siento estafada —declaré.

Hice un esfuerzo para ponerme de pie. Estafada y en la cama, me sentía muy vulnerable. La gente perseguida por la policía duerme vestida: lo había visto en el cine, y me lo había contado un amigo guerrillero.

—No quise estafarte —respondió Eva—. Quería acostarme contigo, no podía soportar un obstáculo.

Aunque me pareció una confesión deliciosa y digna de la absolución más completa, decidí hacerme la fuerte.

—Lo hay —afirmé con rigor.

—No lo hay —rectificó ella—. Desde ayer a la noche has podido comprobar que no lo hay.

—Bien —dije—. Anoche, viernes, empecé a hacer el amor con una mujer soltera, y hoy, sábado, amanecí haciéndolo con una mujer casada.

—En cuanto a eso —se defendió Eva—, creo que tú también estás casada. Durante las dos primeras horas en que nos conocimos, no paraste de hablar de tu amiga Lucía.

—Era un sistema de defensa —confesé—. Pensé que si hablaba mucho de ella quizás podía contrarrestar mi deseo de ti. —La estrategia había fracasado de una manera absoluta—. Además, Lucía no es mi esposa, ni mi novia, ni nada por el estilo —respondí, indignada—. No soy su esposa, tampoco. No estamos inscritas en ningún registro, no recibimos ningún subsidio por matrimonio, no tenemos hijos, no celebramos el aniversario de boda ni nos regalan una tostadora eléctrica por Navidad. Si una de las dos muere, la otra no recibirá una pensión de viudedad. El hecho de que no exista una palabra para nombrar esta clase de relación es la prueba de su autenticidad. Lucía y yo somos *amigas*.

—¿Te acuestas con todas tus amigas? —me preguntó, con falsa inocencia.

«Vamos a tener una discusión de enamoradas», pensé. A veces el amor es tan fuerte, tan insoportable, tan absorbente que se necesita una buena pelea para que las amantes vuelvan a ser seres autónomos, dolorosamente independientes, dueñas de sí mismas. Ocurre con las homosexuales y con las heterosexuales.

—Sólo me acuesto con mis amigas cuando son guapas y no están casadas —respondí.

—¿Y las divorciadas? —interrogó Eva, irónicamente—. ¿Te acuestas con las divorciadas, o también están prohibidas, como las casadas?

Sufrí un espasmo de terror. Me lo produjo la palabra *divorciada*. La otra parte de mi segundo principio («Las mujeres casadas tienen dueño. Aléjate de ellas») dice lo siguiente: «Las casadas, además de marido, tienen el inconveniente de que la primera vez que se acuestan con una mujer, enseguida quieren divorciarse del marido y casarse con la mujer».

—Las divorciadas no me interesan —declaré—. Suelen ser adictas al matrimonio; están esperando la segunda oportunidad, sea con hombre, mujer, perro o gato.

—No creo ser la primera mujer casada de tu vida —murmuró Eva, suspicaz.

No estaba dispuesta a hacer confesiones. En todo caso, no confesiones sinceras.

—Mi primera *amiga* estaba casada. Se divorció y vivimos juntas tres hermosos años. Un verdadero idilio.

—¿Qué pasó después? —interrogó Eva.

En los manuales, a esta táctica la llaman disuasión.

—¿No sabes que tres años, tres meses y tres días es el tiempo justo que dura la pasión? Todo lo demás —agregué con ironía— es matrimonio.

—Estás resentida con las mujeres casadas —insistió Eva.

—No estoy resentida con las mujeres casadas —subrayé—. Somos especies diferentes. Como los hombres y las mujeres —agregué—. Nunca tengo nada de que hablar con las mujeres casadas —expliqué—. Las mujeres casadas terminan, inevitablemente, hablando de la gastritis de sus maridos, de los problemas escolares de sus hijos, de la frigidez o de la hipoteca de la casa.

—No te he hablado una sola vez de mi marido —se defendió Eva—. Y además, no tengo hijos.

—Pero ahora tienes que llamarle por teléfono —observé.

—Es por *nuestra* tranquilidad, querida —se justificó sibilinamente—. Una breve llamada telefónica y podremos estar tranquilas el resto del tiempo.

Hete aquí como un marido velaba por la felicidad de su esposa, o, dicho de otro modo, yo empezaba a estar en deuda con un marido.

—Gracias, querida —le dije con mi más falso tono de voz—. Descansaré tranquila, ahora que sé que tu marido nos protege.

Fue un golpe bajo, lo sé. Pero se lo merecía, por su mentira inicial. («Omisión», según diría ella).

—Yo me voy a duchar —anuncié—. El teléfono es todo tuyo.

No me gusta Nueva York. No me gusta el olor a margarina frita que despiden sus calles, ni los atascos de la Quinta Avenida, ni los mendigos de Central Park, ni el inglés ininteligible que farfullan, ni las alcantarillas que arrojan humo. Me parece una ciudad sucia e inhóspita. Había llegado allí hacía una semana, a participar en un congreso de traductores, al que no había podido sustraerme. Eva era delegada de algún organismo internacional, de esos que realizan interminables banquetes para tratar el hambre en el mundo, pero, a diferencia de mí, vivía en Nueva York. Nos conocimos, por casualidad, en un bar de *ambiente* del Village, el único barrio de la ciudad donde no me siento incómoda. Había ido al bar a beberme una copa, fumarme un porro y observar un poco la fauna neoyorquina, sección mujeres lesbianas. Era imposible no ver a Eva, a pesar de que el bar estaba atestado y el humo difuminaba la barra, las mesas y los tapetes del billar americano. Era imposible no verla por la sencilla razón de que sobresalía entre todas las mujeres, no sólo por su altura, sino por su deseo de exhibirse. Tenía una espesa melena rojiza, los labios anchos, las caderas firmes y un tono de voz que podía modular en varios registros, como una actriz experimentada. Bailaba sola en una de las pistas, consciente de que todo el mundo la contemplaba, en una especie de rendido homenaje. Cuando la banda sonora atacó un reggae, Eva abandonó la pista y se dirigió a la barra, donde yo estaba, admirándola y bebiéndome un whisky. Entonces, nos reconocimos. En efecto: esa mañana habíamos coincidido en el gran salón del hotel donde se celebraba una conferencia internacional y una de las aburridas sesiones del congreso de traductores. Entre las mesas llenas de tazas de café humeante, sandwiches, zumos de naranja y de tomate, los congresistas perdíamos miserablemente el tiempo, aunque nos pagaban por ello.

En los bares de lesbianas no suele haber mujeres casadas, y, si las hay, ya se han divorciado. Cuando nos reconocimos cómplicemente, yo fui víctima de una deducción razonable, me dije, mientras terminaba de secarme en la suntuosa bañera de la suite del hotel de Lexington Avenue: creí que era soltera. Eva aún hablaba por teléfono con su marido. Escuché, desde el vestidor de la sala de baño, algunos «honey» y algunos «love» que me sacaron de quicio. Seguramente por mi disgusto hacia la lengua inglesa. Pensé que debía de estar casada con algún yanqui aséptico y convencional, de esos que comen yogures desnatados, no beben vino, no fuman y mantienen su colesterol a raya, con la esperanza de vivir doscientos años. De modo que algunas noches, Eva, su esposa, se escapaba hasta un bar de mujeres, en busca de emociones fuertes. Y las conseguía: por cierto que las conseguía. La prueba era yo. Para hablar con su marido, Eva empleaba una voz atiplada, falsa, como si fuera soprano. De haberla empleado conmigo, yo no estaría duchándome en la suntuosa bañera de un hotel de Lexington Avenue. Fingía. ¿O fingía cuando hablaba conmigo?

Cuando volví a la habitación, Eva tenía un aire inocente y satisfecho, como de niña que no rompe un plato.

—Ya está —me dijo.

—¿Qué es lo que ya está? —pregunté, haciéndome la tonta.

—Ya hablé con mi marido. Ahora podemos hacer lo que queramos.

Yo no tenía ninguna duda acerca de lo que queríamos hacer, y me parecía que desde el momento en que nos habíamos encontrado en el bar, dos días antes, sólo hacíamos lo que queríamos. Aun así, le dije:

—¿Nos ha dado permiso?

Eva ignoró el golpe.

—Le dije que los trabajos de la comisión duraban una semana más.

—¿Y se lo ha creído? —pregunté, escéptica.

—Por supuesto —afirmó Eva, como si nadie pudiera poner en duda su sinceridad.

—¿Le has dado el nombre del hotel y el teléfono de la habitación? —interrogué, asombrada.

—No me los preguntó —afirmó Eva.

—Yo tampoco te pregunté si estabas casada —le recordé.

—No suelo dar información que no me solicitan —declaró Eva.

—Supongo que a eso le llamas *privacidad* —ironicé.

—Le llamo prudencia —replicó—. ¿Tú le has dado el número de teléfono del hotel a tu amiga? —contraatacó.

—Yo estoy de viaje —me defendí—. En otro continente.

—Con más razón aún —sentenció—. Mi marido sólo está en New Jersey, a pocos kilómetros. Tú estás mucho más lejos.

—A mi amiga suelo llamarla yo —dije—, pero procuro estar sola en la habitación.

—Cosa que no debe ocurrirte muy a menudo —ironizó.

Había dado por concluido el tema marido.

Me besó en la boca, jugueteó con el flequillo rebelde que me cae sobre la frente y declaró:

—Tenemos una semana entera para nosotras solas. Espero que sea la semana más maravillosa de nuestras vidas.

La semana más maravillosa de nuestras vidas transcurrió muy deprisa. Al fin y al cabo, no eran más que siete días, se miraran como se miraran. Hasta la semana más maravillosa de nuestras vidas tiene un domingo que sigue al sábado, y entonces, en menos de lo que canta un gallo, empiezan las otras semanas, las que no son maravillosas pero duran mucho más.

La otra característica de la semana más maravillosa de nuestras vidas es que el lunes, el martes, el miércoles, el jueves, el viernes, el sábado y el domingo se emplean en la misma cosa, en hacer el amor, de modo que, cuando la semana más maravillosa de nuestras vidas se acaba, se han perdido varios kilos de peso, se han ganado abultadas ojeras, hay un temblor en las extremidades del cuerpo que parece un párkinson prematuro y ninguna de las interesantes preguntas que se deseaban hacer (¿cuál es tu película favorita?, ¿qué votas?, ¿cuánto dinero ganas?, ¿tus padres viven aún?, ¿qué escritores te gustan?) se ha hecho, salvo una sola: ¿me quieres? Ni siquiera sabíamos si nos habíamos hecho la prueba del sida.

Yo tenía que ir a Washington, por motivos de trabajo, y Eva debía regresar a su casa, por motivos matrimoniales. Calculamos que yo podía regresar a New York en una semana, y reservamos la misma suite del mismo hotel: empezábamos a ponernos fetichistas, que es lo que le suele ocurrir a la gente, cuando se enamora.

Washington es una de las ciudades más aburridas del mundo, o así me lo pareció, de modo que aproveché el tiempo libre, luego de las sesiones de trabajo, y dormí reparadoramente: la semana más maravillosa de nuestras vidas había consumido casi toda mi energía. Sólo una vez perdí el control de mí misma y disqué el número de teléfono de Eva, en New Jersey: atendió el marido, y colgué. También llamé a Lucía. Le expliqué que las sesiones del congreso se habían prolongado, que estaba harta de viajar en avión, que no me gustaba la comida americana y que me acostaba temprano, a ver, en el vídeo del hotel, enlatados de mis cantantes favoritas.

Cuando regresé a New York, Frank me estaba esperando en el aeropuerto. Frank era el marido de Eva. «Cortesía de la casa», me dijo, al introducir mi maleta en su auto, como correspondía a todo un caballero. Habían dispuesto, dijo, «darme un almuerzo íntimo de bienvenida». «Así es el matrimonio —pensé—. Un manicomio sin puertas ni ventanas, donde el teléfono, además, está intervenido». No sólo los locos y las locas se casaban. Aquellos que no estaban locos antes del matrimonio, a poco se enfermaban. Miré con desolación mi maleta azul marino, que la gigantesca boca del Plymouth de Frank se tragó: ni ella ni yo sabíamos cuál era nuestro destino.

Frank había preparado un almuerzo ligero, lleno de esas horribles salsas norteamericanas que tienen nombres de actores y de actrices de cine. Eso no era lo peor. Lo peor era, sin duda, tener que tragarme las hamburguesas Paul Newman y las patatas Elizabeth Taylor, sentada en una silla de mimbre, frente a Eva, que comía con asombroso apetito, y al lado de Frank, que insistía en hablarme de la próxima guerra en Europa. Frank estaba convencido de que el renacimiento de los nacionalismos en el viejo continente ponía en peligro al mundo occidental. Estados Unidos tendría que intervenir, otra vez, para salvar lo que quedaría de las democracias europeas. Yo no tenía ningún interés en que Frank me salvara de nada, pero estaba dispuesta, completamente dispuesta a salvar a Eva de los peligros de un matrimonio aburrido, de un marido pesado y de una menopausia frustrante. A la hora del café —*sólo a la hora del café*—, conseguí reunirme unos instantes con Eva, en la cocina, y le dije:

—¿De quién ha sido la brillante idea de este almuerzo americano?

—Querida —me respondió—, es sólo una vez. Para que Frank te conozca y no esté celoso. Le has caído maravillosamente bien —me informó.

—A mí me cae mucho mejor su esposa, todavía —murmuré.

—Dentro de un rato se irá, y tendremos todo el tiempo para nosotras —dijo Eva.

—No tengo ganas de esperar. Ni ganas, ni por qué —declaré, orgullosa.

—Hazlo por mí. Será muy breve y, además, Frank te adorará. Suele estar muy solo.

No me gustan las relaciones que comienzan con pruebas de amor. No soporto a las mujeres que dicen «Hazlo por mí». Recuerdo que mi madre lo decía muy a menudo, y yo siempre salía perdiendo. «Peléate con tu padre por mí» o «No te pelees con tu padre», «Cómete todo el pescado» o «Dale el pescado a tu hermana». Yo nunca pido pruebas de amor. Me conformo con las palabras.

Frank era un tipo alto y flaco, más bien desgarbado, de esos tipos que hubieran sido excelentes basquetbolistas, si no fuera porque detestaba los deportes. Parecía estar obsesionado con la guerra en Europa, aunque, por lo que averigüé durante ese almuerzo, una fístula en la columna vertebral lo había librado de la guerra de Vietnam y de cualquier otra cosa que no fuera su exclusiva dedicación a la cibernética. Y a Eva. Mi fuerte nunca ha sido la cibernética, de modo que nuestra conversación se veía un poco limitada. Por suerte, en mis viajes a Estados Unidos, por motivos de trabajo, había aprendido una palabra imprescindible para el diálogo con cualquier clase de norteamericano o norteamericana, fuera cual fuera su edad, estado civil o clase social. Me di cuenta de que podía mantener toda la conversación con Frank gracias a la palabra «fine». Mi trabajo estaba «fine», la ciudad donde vivía, en Europa, era «fine», la comida «fine», Eva estaba «fine», yo misma era «fine» y la vida, toda, en sí, era «fine»: a pesar de la guerra en Europa, del hambre en África, de las violaciones, los asesinatos, el cáncer, el sida y los adulterios. Frank también era «fine». Hasta me permitió fumar, después del almuerzo. (Frank no bebía alcohol ni fumaba. Yo, en cambio, fumaba y amaba la carne. Carne roja, sangrante, sensual, comestible, olorosa, llena de grasa y de proteínas. Y el humo de los cigarrillos. Un humo azulado, repleto de nicotina, que estimulaba las conexiones cerebrales y el deseo).

Por fin pudimos terminar el café y Frank se puso de pie para despedirse. Aunque no lo pareciera, trabajaba en una oficina. Yo había creído que lo hacía todo desde su sillón favorito, en medio de la sala: invertir en la Bolsa, diseñar chips muy rápidos, freír hamburguesas, leer el diario y amar a Eva.

—Ha sido un verdadero placer conocerte —me dijo, al extenderme la mano—. Eva tenía razón —agregó—: eres una mujer guapa y muy inteligente.

Esta última observación me dejó estupefacta. Intenté observar su rostro con atención, en busca de algún signo revelador: complicidad con Eva, burla, ironía, pero su rostro (pequeño, en relación a la altura) expresaba una normalidad inocente que me desconcertó. O era tonto (cosa difícil de creer, por otra parte) o era excesivamente inteligente.

En cuanto cerró la puerta, interrogué a Eva:

—¿Qué le has dicho, por Dios? —pregunté.

—La verdad —respondió Eva, con aparente ingenuidad.

—¿Qué clase de verdad? —grité, horrorizada.

—Que eres guapa, inteligente y con gran sentido del humor —declaró Eva.

La respuesta no despejaba mi incertidumbre.

—¿Cada vez que encuentras a una mujer guapa e inteligente la traes a tu casa y se la presentas a tu marido? —pregunté, asombrada.

Enseguida me di cuenta de que esta pregunta era tan ambigua como la relación de ambos.

—Por supuesto que no —se defendió ella—. Pero esta vez es diferente. No he podido evitar hablar de ti, mientras estabas en Washington. En realidad —agregó— era de lo único que podía hablar. Creo que Frank se puso celoso. Entonces pensé que lo mejor era que os conocierais.

—¿Lo mejor para qué? —pregunté, aturdida.

—Para que podamos estar toda la semana en paz —me respondió Eva—. Le he dicho que tenemos otro congreso en New York y que me alojaré en el hotel. Para no tener que conducir de regreso a cualquier hora, y cansada.

—¿Se lo ha creído? —pregunté, ansiosa.

—¿Por qué no iba a creerlo? —respondió Eva, fastidiada.

La segunda semana más maravillosa de nuestras vidas transcurrió tan velozmente como la primera, si cabe, y con el mismo ardor. Sólo la gente que no ha experimentado nunca una verdadera atracción física es capaz de decir que la atracción física es una parte del amor, y no la más importante. En cuanto a su importancia, Eva y yo estábamos completamente de acuerdo.

No hablamos de ninguna de las cosas que teníamos pendientes. Los diálogos de las personas enamoradas, si fueran grabados, resultarían verdaderamente estúpidos. En cambio, si se filmaran las miradas, éstas revelarían el goce. Un goce para el que no hay palabras, más que las triviales: «Me gusta tu pelo», «Chúpame», «Tócame», «Bébeme», «Abrázame», «Me gusta tu vientre» y cosas así.

No había ningún riesgo de encontrarnos con algún conocido: durante la segunda semana más maravillosa de nuestras vidas, apenas abandonamos la suite del hotel de Lexington Avenue y, cuando lo hicimos, siempre fue después de las doce de la noche: para tomar un café (lo mejor de la ciudad de New York es que se puede beber café a cualquier hora del día o de la noche), contemplar la iglesia de Saint Patrick iluminada o escuchar viejos discos de jazz en una tienda de gays simpatiquísimos. Aunque apenas salimos de la suite del hotel de Lexington Avenue, habíamos hecho algunos planes. Concernían al futuro, esa palabra prohibida en todos los diccionarios de la realidad. Nuestros trabajos nos permitían mucha libertad de tiempo y de espacio, de modo que era fácil encontrar un punto en común. Eva detestaba Europa, pero estaba dispuesta a trasladarse por un tiempo (seis meses, digamos) a Bruselas, donde ambas podíamos alquilar un departamento mientras trabajábamos en nuestras respectivas tareas. Parecía fácil, divertido y sin excesivas complicaciones.

El viernes, al anochecer, salí un momento de la habitación del hotel, a comprar unos discos que había encargado esa mañana.

—No tardes —me había pedido Eva, mientras yo oía el agua de la ducha que empezaba a resbalar por su cuerpo, brillante de sudor.

No tardé. Regresé inocentemente al hotel, con mi bolsa de plástico y los discos en la mano, pero, al dirigirme hacia el ascensor, un joven portero, con un enorme ramo de flores en los brazos, me detuvo:

—Creo que son para usted —me dijo—. Iba a subírselas a la habitación.

Recogí, sorprendida, el ramo de flores y dejé pasar el ascensor. Pensé en Eva: quizás había aprovechado mi ausencia para hacerme este inesperado regalo. Abrí la tarjeta amarilla, perfumada, y leí: «Te espero en el bar». No era la letra de Eva, ni su estilo. Me dirigí rápidamente, confusa, hacia el bar del hotel, tapizado de tafetán color coral. Un pianista tocaba temas de los años cincuenta, mientras una muchacha rubia, alta y flaca, cantaba, con voz melodiosa, llena de nostalgia. Tuve la sensación de estar en otro tiempo, en otro lugar. La barra estaba casi vacía, de modo que no me costó descubrir, sentado sobre uno de esos horribles bancos giratorios de metal, a Frank, vuelto hacia la puerta, de modo que podía apreciar a los huéspedes que subían y bajaban por los tres ascensores del hotel, contiguos. Supuse que me estaba esperando, pero no supe si sólo era a mí a quien esperaba. Tampoco sabía si, antes de verme, había averiguado si Eva se alojaba en el hotel, o si, en un gesto de audacia, preguntó el número de nuestra habitación. Al verme, me saludó de lejos, con un gesto espontáneo y cordial de la mano. Fuera lo que fuera, tenía que enfrentarlo e intentar proteger a Eva; era posible que ella continuara duchándose, ingenuamente, en la habitación. Era una posibilidad, aunque no estaba muy segura.

—Hola —me saludó Frank, agitando su vaso.

Estaba bebiendo algo color anaranjado. Algo sano y lleno de vitaminas, supuse.

—Un whisky —pedí—. Con mucho hielo.

—¿Te han gustado las flores? —me preguntó Frank.

Yo las había depositado a un costado, sobre el taburete de metal, con tan poca gracia como si se tratara de la muleta de un inválido.

—Son muy bonitas —dije—. Gracias. Pero no entiendo...

—Hoy es viernes —me interrumpió Frank—. Has terminado tu semana de trabajo en el congreso, ¿no es cierto? Pensé que tendrías ganas de celebrarlo. A pesar de que la ciudad de New York te desagrade —dijo Frank—. Quizás los neoyorquinos te gusten algo más que la ciudad —insinuó.

Qué torpe era, Dios mío. Yo no conocía lo suficiente a los hombres como para saber si se trataba de una torpeza del *género*, o era una subjetiva, personal, enteramente suya.

Perdí tiempo bebiendo un trago de whisky, porque él se rehízo:

—Tengo un par de entradas para el teatro, en Broadway. Pensé que quizás te gustaría ver un espectáculo antes de irte.

Detesto los musicales y detesto el teatro. Eva lo sabía. Frank no.

—Estoy muy cansada —le dije—. Te agradezco las flores, has sido muy amable, pero prefiero no salir esta noche.

Pareció decepcionado, pero yo no sabía si era a causa de mi resistencia o si se trataba de otra clase de decepción. Ahora yo tenía que intentar que se fuera, antes de que Eva tuviera la genial ocurrencia de bajar a esperarme, en el vestíbulo, o me hiciera llamar por los altavoces. (Ya lo había hecho una vez, mientras yo leía el diario, en un sofá, junto a la recepción).

Bebí de un trago el resto del whisky y aproveché para decirle:

—Me gustaría invitarte a otro refresco, Frank, pero estoy esperando una llamada telefónica de larga distancia, en mi habitación, y no quiero perdérmela.

Frank miró el fondo de su vaso, donde algunas burbujas todavía naufragaban, y me preguntó de golpe:

—¿Sabes dónde está Eva?

La sorpresa me obligó a sentarme. Mal hecho. Debí permanecer de pie, y con las flores en el brazo, para largarme lo antes posible.

Dudé. Había múltiples posibilidades de respuestas —todas falsas—, y debía elegir una, rápidamente.

—No lo sé —respondí, intentando parecer sincera.

Evitó mirarme a los ojos.

—No ocurre nada especial —dijo—. No me ha llamado esta semana —agregó—. Suele ocurrir, cuando los trabajos del congreso la tienen muy ocupada. Tú sabes —siguió—, es una trabajadora obsesiva. No se trata de una crítica —se apresuró a aclarar—. Yo también soy un trabajador obsesivo. Somos un matrimonio curioso —dijo—. Dos trabajadores compulsivos. Pensé que hoy, viernes, quizás la encontraría, a la noche, en casa, pero no ha llegado.

—Seguramente los debates se han prolongado —le dije.

—Sí —dijo Frank—. Por eso pensé aprovechar las entradas que tenía para el teatro e invitarte a ti. No creo que a Eva le moleste —agregó.

—No, no lo creo —dije yo, muy seria.

Eché una rápida mirada a la puerta giratoria del bar, que comunicaba con el vestíbulo del hotel. Tenía que tener algunas frases preparadas por si en cualquier momento, espléndida, luciendo su flamante e inconfundible satisfacción sexual, Eva aparecía. Aunque era muy posible que a ella se le ocurrieran esas frases inteligentes mucho antes que a mí.

—¿Te ha dicho algo de nuestro matrimonio? —preguntó Frank, inesperadamente.

Pensé que había hecho este viaje hasta el hotel sólo para hacerme esta pregunta. Había conducido desde New Jersey, tímido y asustado por el tráfico, la contaminación, la delincuencia, asustado por Eva, por la guerra de Europa y por el futuro del mundo, para poder hacerme esta pregunta que yo no iba a contestar con sinceridad, por supuesto.

—No soy una experta en matrimonios —contesté, tratando de evadirme.

Acababa de arribar uno de los ascensores y las puertas metálicas se abrían, dejando escapar a decenas de hombres y mujeres. Procuré mirar por encima del hombro de Frank. ¿Por qué era tan condenadamente alto, este tipo?

—Ya lo sé —dijo Frank.

Advertí cierta molestia en su tono de voz. Tenía razón: había sido una respuesta demasiado evasiva.

—Tengo problemas —confesó Frank.

Ahora no podía decir la tontería de: ¿y quién no los tiene? En este viaje del ascensor, Eva no había aparecido. Ojalá estuviera entretenida mirando una película de vídeo o escuchando una cinta musical. Lamentablemente, pensé, su mayor entretenimiento, durante toda la semana, había sido yo. Iba a notar mi ausencia demasiado pronto.

—No es la primera vez que ocurre —dijo Frank.

No supe a qué se refería. Podía ser a sus problemas, podía ser a otra cosa.

—Ha ocurrido varias veces en nuestro matrimonio —agregó. Pidió otro refresco de naranja, como quien pide un vaso de whisky o de cicuta, para suicidarse—: De pronto —dijo—, Eva pierde el interés. Comienza a comportarse de una manera extraña.

—¿Te refieres a sus salidas? —pregunté—. Tiene un trabajo...

—No me refería a eso —contestó Frank, con serenidad—. Eva es libre de hacer lo que quiera; fue la condición bajo la cual nos casamos. Yo también soy libre —agregó—. Es un pacto político, por decirlo de alguna manera.

—¿La libertad incluye el silencio? —pregunté.

Si Frank no estaba dispuesto a dejarme ir, y algo en su resolución, en su pose y hasta en sus piernas me lo hacía temer, yo tenía que intentar participar de alguna manera en el asunto, aunque fuera para obtener alguna clase de información. Siempre y cuando me la creyera. ¿Me la creía?

—Justamente —dijo Frank—. Si es libre, ¿por qué no me dice nada? Yo debería saberlo. No me parece adecuado que sus amigas lo sepan, y yo no.

Era la primera vez que Frank usaba el plural, hablando de las amistades femeninas de Eva. Confieso que me creó cierta alarma.

—¿Qué amigas? —pregunté, simulando inocencia.

—Tú y las demás —dijo Frank.

—Eva no me ha hablado de otras amigas —dije—. Quizás porque hace poco tiempo que nos conocemos.

—Perdona —se disculpó, ¿sinceramente?—. Había olvidado que tú eres la última.

Juro que en ese momento deseé ser la más antigua.

—Seguramente lo ha hablado con alguna otra —dedujo Frank, pero no me pareció muy convencido de ello—. Aun así —agregó—, no me parece justo que no lo hable conmigo.

—Quizás no tiene nada que decirte —la protegí.

Frank me miró por primera vez a los ojos. Fue raro, porque él sólo había bebido zumo de naranja, y, que yo sepa, el zumo de naranja no provoca ese brillo en la mirada.

—No me lo diría por nada de este mundo —dijo Frank—. En eso consiste su placer —sentenció, muy seguro de sí mismo.

Me quedé un minuto en silencio, pensando en esa frase. Luego, me incliné sobre la barra, hacia su lado, y le pregunté:

—¿Las flores eran para ella?

—Sí —admitió Frank—. Le gusta que yo tenga ciertas atenciones, y creo que, en los últimos tiempos, la he descuidado un poco. Estuve muy ocupado con mi trabajo.

Se puso de pie. Ahora dos ascensores habían llegado al vestíbulo, al mismo tiempo. Él no miró hacia ese lado.

—Son muy bonitas —dije, ecuánime.

—No quiero distraerte más —agregó Frank—. Te mereces un buen descanso.

La frase me pareció tan ambivalente como todo el resto de la conversación.

—Si te llama, o la ves —dijo Frank—, prefiero que no le digas nada de nuestro encuentro. A mí también me gusta tener secretos —terminó, y me extendió la mano.

Pocas veces le doy la mano a un hombre. No sé por qué, pero no se me ocurre.

Frank se fue, sin volver la vista a la zona de los ascensores.

Aunque él había tenido la gentileza de pagar la cuenta, igual llamé al camarero. Había salido a la calle sin llevar bolígrafo, algo que una buena secretaria jamás debe hacer. El camarero me dio un bolígrafo y una tarjeta en blanco, que le pedí. Escribí: «Para Eva. Con amor. De Frank», y la prendí de las flores, tal como estaba la tarjeta primitiva.

—Súbalas a la habitación 823 —le pedí al ujier, y le di un billete de diez dólares.

Me tomé otro whisky en la barra, mientras esperaba, como ocurre en las películas. He visto cientos de películas que se desarrollan en New York. New York es una ciudad que me gusta mucho más en las películas que en la vida real.

Al rato, subí a la habitación.

Como había supuesto, Eva estaba mirando un programa musical en la televisión. Elton John, un músico que le gustaba. A mí también. No vi las flores por ninguna parte. No estaban en el dormitorio, ni en la parte alta de la suite. ¿Las habría arrojado a la basura? Destapé el cubo, pero tampoco las encontré.

—Has tardado mucho —me dijo Eva, sin desconectar el aparato—. ¿Qué hacías?

Era uno de esos instantes en que Elton John, completamente inspirado, pulsaba el teclado con la misma suave intensidad con que se acaricia el cuerpo de una mujer.

—Conversaba con Frank —dije con simulada ingenuidad.

—Eres muy graciosa —comentó Eva, sin soltar el monitor del aparato.

Comencé a llenar mi maleta. Suelo viajar con pocas cosas. Me gustaría ser rica, y comprarme lo que necesito en las ciudades a las que llego.

—Está preocupado por tu ausencia —informé—. Aunque creo que sabe perfectamente dónde y con quién estás.

—Es imposible —dijo Eva.

Elton John ejecutaba un arpegio dulce y final, que arrancaba una ovación de los espectadores.

—Creo que había comprado entradas para el teatro —continué—. Por lo menos, fue lo que me dijo.

—Seguramente quería ir contigo —comentó Eva, sin inmutarse.

Ahora, en la pantalla de televisión comenzaba un recital de Pavarotti.

—No voy al teatro con extraños —respondí.

Ella no se había dado cuenta, pero mi maleta ya estaba pronta.

—¿Qué haces? —me preguntó, asombrada, cuando se dio cuenta de que estaba por irme.

—No me gusta mucho New York —respondí—. Definitivamente, no me gusta —dije, y gané la puerta.

En ese momento, vi las flores. Estaban en el suelo, descuidadas, bajo la cama. No era justo, para las flores.

Una consulta delicada

—Disfrácese —murmuró el doctor Minnovis, dirigiéndose a su paciente, un poderoso empresario de la industria láctea.

El doctor Minnovis era psicólogo. De joven había querido estudiar Ingeniería, pero no encontró plaza en la universidad, de modo que optó por Psicología. Entonces —a los veinte años—, imaginó un futuro de bata blanca en estrechas salas de consulta de la Seguridad Social, donde tendría que escuchar a un montón de mujeres aquejadas de vagos malestares, imprecisos, cuya naturaleza era difusa, y a las que recetaría sedantes. Sedantes de distintos laboratorios, pero composición semejante. Las pacientes preguntarían, angustiadas: «¿Cuántas pastillas tengo que tomar?», y él indicaría una dosis media, ni mucho ni poco. Sedantes para aguantar el matrimonio, sedantes para las tareas domésticas, sedantes para el hastío sexual, sedantes para vivir, en suma. Placebos para un único malestar, el de vivir. Cuando las cosas no se pueden cambiar (y el doctor Minnovis pensaba que la mayoría de las cosas no se podían cambiar), había que recetar sedantes.

El futuro no fue muy diferente de lo que pensó (el doctor Minnovis era un hombre normal, es decir, con poca imaginación). En lugar de obtener una plaza de psicólogo de la

Seguridad Social (había pocas; el Estado pensaba que no valía la pena gastar el dinero en imprecisos malestares incurables), consiguió un contrato estable en la Mutua de Empresarios. Era una asociación de hombres y mujeres de negocios que tenían sus propios servicios de asistencia sanitaria. Hombres ricos, con buenas casas, buenos autos, bellas esposas, viajes al extranjero, hijos que estudiaban masters en universidades norteamericanas y suntuosas residencias en el campo o en la playa. El horario era breve (sólo atendía un par de horas tres veces por semana) y el trabajo escaso. Los hombres y las mujeres de negocios disponían de múltiples recursos para combatir el hastío o el estrés; no visitaban mucho al doctor Minnovis. En los cinco primeros años de contrato, sólo le había tocado atender un par de depresiones, por fracasos comerciales, por alguna inversión fallida, y un caso de melancolía, que a la postre resultó consecuencia de una afición desmedida a la cocaína. Todos estos casos se solucionaban en pocas sesiones semanales, y el doctor Minnovis no volvía a ver a sus pacientes.

El señor Enríquez había solicitado hora hacía un mes y, en ese lapso, se habían visto tres veces. El señor Enríquez era un industrial competente. Tenía cuarenta años, estaba casado, era padre de dos hijos que estudiaban en el extranjero y gozaba de buena salud. Compraba sus camisas y corbatas en una tienda italiana, comía en los mejores restaurantes y le gustaba conducir su propio yate. Todo era normal, según le dijo, en la primera entrevista. Pero el señor Enríquez se sentía *turbado*. (¿Turbado viene de *turba*?, se preguntó el doctor Minnovis. Una marea negra de lodo que sube del fondo a la superficie. El lago de Ness es un lago de turba. Por eso, quizás, la gente cree en la existencia de un monstruo: piensan que está, aunque no lleguen a divisarlo. Un monstruo de turba. Si existe, pensó el doctor Minnovis, es un monstruo turbulento, como todos los monstruos. ¿Qué más da que estuviera afuera o adentro del agua? Todo está adentro y afuera al mismo tiempo, se dijo el doctor Minnovis).

El señor Enríquez hablaba de manera lenta y pausada, como si tuviera alguna dificultad. Pero la dificultad no estaba en las cuerdas vocales: estaba más adentro de las babas del lenguaje. El doctor Minnovis anotó en su libreta de apuntes que su paciente poseía un lenguaje culto, pero que la manera de hablar correspondía a un estado de angustia soterrada. («So-terrada», apuntó el doctor Minnovis: bajo tierra, como los impulsos más importantes). El doctor Minnovis no había descubierto, después de tres sesiones, cuáles eran los motivos de la aparente depresión del señor Enríquez. Debían ser imaginarios. Se sufre más por razones imaginarias que por reales. El matrimonio del señor Enríquez marchaba bien (tanto como cualquier otro, pensó el doctor Minnovis) y no tenía problemas económicos. Tampoco había perdido a un ser querido recientemente.

Sin embargo, el señor Enríquez le había *confesado* (ésa era la palabra justa: una dolorosa, íntima y casi insoportable confesión) que albergaba una duda secreta: no estaba convencido, íntimamente, de ser un hombre o una mujer. No se trataba de una confusión física. El señor Enríquez reconocía que tenía *aspecto* de hombre. Nada, en su cuerpo, le inducía a sospechar lo contrario. Tenía un físico robusto, hacía ejercicio, era un excelente nadador, su miembro viril era vigoroso y nunca había padecido episodios de impotencia. A pesar de todo eso, el señor Enríquez *sentía*, muchas veces, que era una mujer. No podía confesárselo a nadie. Temía caer en el ridículo. Durante *todos estos años* había guardado esa sensación para sí mismo («¿Cuántos años?», preguntó con voz deliberadamente hermética el doctor Minnovis. «Muchos», «demasiados», murmuró el paciente), hasta que la sensación lo había asfixiado; de sensación se transformó en sentimiento, en padecimiento, especificó el señor Enríquez. Aun así, había vacilado mucho antes de decidirse a consultar a un psicólogo. Era algo que no quería revelarle a nadie, aunque, por otro lado, ansiara poder hacerlo.

El doctor Minnovis lo escuchó con perplejidad. Nada, en el aspecto exterior de su paciente, en sus hábitos o en su biografía le inducía a pensar que había un conflicto de identidad sexual. Por lo demás, esos conflictos, por delirantes que sean, suelen aparecer en la juventud, rara vez a los cuarenta años.

—Es muy extraño no tener la certeza de quién se es —dijo el señor Enríquez, con evidente esfuerzo.

El doctor Minnovis anotó en su libreta la palabra *certeza*. Intentó controlar un gesto de irritación y, quizás por eso, fue algo complaciente.

—En cierto sentido —le dijo, como si se tratara de un alumno, no de un paciente, aunque a veces era difícil diferenciarlos—, las certezas son imaginarias. Construcciones fantásticas. Un hombre cree que es Dios y empieza a hablar como un iluminado. Otro cree que sus ideas pueden cambiar el mundo y organiza un grupo revolucionario. Algunos creen que pueden curar con las manos y los enfermos desahuciados hacen cola para verlos. Lo opuesto a la certeza —continuó el doctor Minnovis— es una duda razonable, sólo *razonable* —insistió—, que no provoque demasiada angustia.

El señor Enríquez era una persona inteligente.

—¿Quiere decirme con eso que la falla está en mi *idea* de ser hombre, no en la realidad? —preguntó—. Sin embargo —añadió ansiosamente, antes de que el doctor Minnovis tuviera tiempo de responderle—, yo le hablo de un *sentimiento*, no de una idea.

El doctor Minnovis anotó la palabra *sentimiento* en su libreta de apuntes. A veces, en su tiempo libre, que era mucho, pensaba que podría escribir algo a partir de esas notas. Una novela o, quizás, un ensayo. Pero era demasiado perezoso.

—He querido decir que la mayoría de las certezas son delirantes, y se puede prescindir de ellas —el doctor Minnovis creyó conveniente hablar con mucha firmeza y energía. La tarea de «contención» del paciente no estribaba, a veces, tanto en lo que se decía, sino en el tono en que se decía. Alguien que pide una entrevista con un psicólogo es un ser que necesita ayuda, y la ayuda no es un concepto: puede ser un gesto, una actitud, una inflexión de voz—. Es posible vivir con una cantidad razonable de dudas —continuó el doctor Minnovis—. Si me permite, le diré, *sólo en un plano filosófico*, entiéndame bien: no es conveniente plantearse problemas que no se está en condiciones de resolver.

El señor Enríquez había empezado a hablar y ahora parecía más dispuesto a continuar que a escuchar.

—No depende de mi voluntad —explicó el paciente—. No es una *idea* —repitió—. Es una sensación, y no hay nada que yo pueda hacer para que no aparezca. La *sensación* de que soy una mujer me sorprende de manera súbita e inesperada, a veces en momentos muy inoportunos. Entonces, *siento* que hay, en mí, una mujer agazapada, oculta, que pide por salir, una mujer reprimida. Una mujer que no se anima a manifestarse, a salir a la luz pública.

El doctor Minnovis contuvo un impulso de fastidio. Escuchar a su paciente lo estaba irritando. Tenía ganas de sacudirlo, de darle unas bofetadas, una *lección*. El doctor Minnovis se escandalizó. ¿Se estaba sintiendo como un padre, frente a las dudas sexuales de un hijo adolescente y caprichoso? Procuró no demostrar nada de eso y, con voz neutra, le preguntó:

—¿Recuerda la última vez que le ocurrió? ¿Podría describirlo?

Ahora el señor Enríquez pareció sentirse más cómodo, como si hubiera interpretado que la pregunta del psicólogo era un estímulo, una insinuación. (Se trataba de una interpretación muy femenina, anotó el doctor Minnovis en su cuaderno).

—Me ocurrió hace pocos días, en una reunión de negocios. Éramos cinco empresarios que discutíamos la compraventa de un gran supermercado, en las afueras de la ciudad. Se habían superado las dificultades iniciales, el negocio estaba casi cerrado. Aprovechamos el acuerdo para tomar unas copas en un lugar de moda, antes del almuerzo. De pronto, eché una mirada al grupo que formábamos, y pensé: «Soy la única mujer de la reunión». Es muy curioso, porque lo pensé mientras continuaba hablando con los demás, acerca de un artículo del contrato. Nadie se dio cuenta, pero yo empecé a sentir que mi voz se aflautaba y que tenía necesidad de cruzar las piernas de una manera muy femenina. Por supuesto, no lo hice. Pero, cuando a uno de mis colegas se le cayó el vaso de whisky sobre la mesa, me dije: «Se me manchará la blusa. Tendré que ir al lavabo, y aprovecharé para retocarme el peinado». En efecto: el pequeño accidente ensució mi camisa, pero no fui al lavabo. Tuve miedo de entrar al lavabo de señoras. Hubiera hecho el ridículo. Pero seguí pensando en la blusa. Sentí su suave roce en los pezones...

—Todo eso fue sólo una fantasía —interrumpió el doctor Minnovis, con leve fastidio.

El paciente se defendió:

—No, doctor —dijo—. No es una fantasía: a veces, me *siento* una mujer.

El doctor Minnovis se revolvió en la silla. Él se estaba *sintiendo* violento.

—¿Y cómo sabe usted en qué consiste *sentirse* mujer? —le preguntó, en tono impaciente.

El señor Enríquez permaneció callado y pareció reflexionar. Después elevó la cabeza y lo miró a los ojos:

—¿Usted lo sabe? —interrogó con ansiedad.

—No —dijo el doctor—. No sé en qué consiste sentirse mujer porque soy un hombre —contestó con firmeza.

—¿Qué diría si en algún momento empezara a sentirse un poco mujer? —le preguntó el paciente.

El doctor Minnovis reprimió un suspiro. El problema de las obsesiones era su rebeldía. Una pequeña obsesión, al principio sin importancia, va hinchándose como un embarazo. Es un feto hipertrófico, que no se expulsa a los nueve meses; a veces, no se expulsa nunca, quizás un día los científicos inventarían una píldora contra las obsesiones; entretanto, había que luchar como se pudiera.

—Eso es imposible —contestó—. No podría empezar a sentirme mujer, como usted dice, por el hecho simple y excluyente de que soy un hombre, igual que usted.

—¿Todo el tiempo se *siente* hombre? —preguntó el paciente, con verdadera curiosidad.

—No me lo pregunto —contestó el psicólogo—. Son cosas que una vez establecidas no requieren más investigaciones. Y para que usted lo recuerde —añadió con cierta severidad que le parecía más terapéutica que las palabras—, le diré que la identidad sexual de un ser humano se establece al nacer, según sus órganos genitales y sus cromosomas. Es un dato objetivo. Otra cosa es la actividad sexual. Con nuestros órganos genitales podemos hacer lo que nos parezca, pero eso no cuestiona la identidad sexual.

—No estoy hablando de mis órganos genitales —se apresuró a responder el paciente—. Acerca de ellos, no tengo ninguna duda —continuó—. Me parece que esa sensación, ese sentimiento del que le he hablado me persigue con independencia de los órganos genitales.

El doctor Minnovis cogió un cortapapeles con forma de puñal que usaba para abrir la correspondencia. Facturas de la luz, del teléfono y anuncios de medicamentos.

—Ser hombre o ser mujer no es una *idea*, querido mío —farfulló, casi indignado—. Los genitales no pertenecen al orden de las ideas, sino de la realidad.

Había que combatir las obsesiones con fuertes dosis de realidad. La realidad: algo que a nadie le gustaba del todo.

—¿Quiere decir que mis ideas, mis sensaciones son ilusorias, imaginarias? —preguntó el paciente, asustado.

El doctor no quería que esta *idea* (la de estar loco) angustiara a su paciente. Ya bastaba con que *creyera* que era una mujer; no necesitaba, además, *creer* que era una mujer loca. Se trataba de una depresión. Una depresión aguda, con contenidos delirantes. Posiblemente tenía que ver con la edad, con la crisis de los cuarenta años y el metabolismo hormonal. Desajustes de la química, que provocan alucinaciones.

El doctor Minnovis y el señor Enríquez tenían la misma edad. En cierto sentido, pensó el médico, él también atravesaba una crisis, una pequeña depresión, aunque no tenía contenidos delirantes como su paciente. Su crisis se manifestaba por una cierta lasitud, una leve decepción; la sensación de haber perdido inútilmente buena parte de su vida. Hacía muchos años que estaba casado. Durante esos años, había tenido algunas relaciones extramatrimoniales. Cosas de poca *monta*. (Quizás, lo que necesitaba, precisamente, era otra clase de *monta*). Pero nunca se había apasionado. Ni por una mujer, ni por una idea, ni por su trabajo. En el ejercicio de su profesión había aprendido, con más vivacidad que en los libros, a temer a las pasiones, con su poder de destrucción. Ahora se preguntaba si había sido un acierto. Siempre se había sentido orgulloso de su frialdad, de su dominio, pero, en lugar de una virtud, podía tratarse de una falta, de una carencia.

—Disfrácese —le aconsejó intempestivamente el doctor Minnovis a su paciente.

Era una provocación, pero le pareció oportuno cambiar de estrategia. A veces lo inesperado tenía un efecto terapéutico sobre los pacientes.

—¿Qué quiere decir? —preguntó, alarmado, el señor Enríquez.

—Simplemente eso —insistió el médico—. A veces, disfrácese. Compre ropa de mujer y úsela en la intimidad. No necesita exhibirse, ni escandalizar a nadie. Un acto solitario y privado, verdaderamente suyo. Quizás, de esa manera, la «idea» desaparezca. Al saber que puede manifestarse, al dejar en libertad a la mujer que *cree* llevar dentro, dejará de perseguirlo. No necesitará agazaparse. Dele rienda suelta a su deseo —aconsejó el doctor Minnovis.

El otro permaneció sorprendido. No sólo por la sugerencia del psicólogo, sino por su cambio de actitud. Había observado cierta irritación involuntaria en él, como si el médico tuviera que realizar algunos esfuerzos para controlar su agresividad. Pero cuando dijo: «Dele rienda suelta a su deseo», el señor Enríquez creyó advertir que la frase no estaba dirigida solamente a él, sino al mundo en general. Se trataba, sin embargo, sólo de una creencia, y en los últimos tiempos había decidido no fiarse de sus creencias.

—¿Debo deducir —preguntó con cautela— que usted considera que la idea que me persigue y me perturba es, en realidad, un deseo oculto, reprimido?

—La mayoría de nuestras ideas y «creencias» —explicó el médico— son deseos *disfrazados*.

—¿Al *disfrazarme* me revelaría, aunque fuera de manera paradojal? —preguntó el paciente.

—No se preocupe —suspiró el médico—. Los disfraces son liberadores; a través del juego que proponen se reduce la tensión entre la realidad y el deseo.

Se hizo un silencio. El señor Enríquez parecía reflexionar, como si estuviera sopesando los pro y los contra, las conveniencias de un negocio, la compraventa de algo.

—No sé si podré soportar saber cuál es mi deseo —admitió, temeroso.

—Posiblemente, descubrirá que no es el que usted teme —dijo el médico—. Uno cree que busca una cosa y encuentra otra o, cuando encuentra lo que busca, comprende que no se trataba de eso.

—El deseo de ser mujer es algo muy *femenino* —se defendió el paciente.

—No lo crea —respondió el doctor Minnovis—. A la mayoría de las mujeres les gustaría ser hombres. Por lo demás, clasificar los deseos según los sexos es una convención neurótica y castradora. No debe prestarle ningún crédito.

—He *construido* mi vida como un hombre —recordó el señor Enríquez.

—Siempre son *construcciones*, aunque no se tenga mucha conciencia de ello —señaló el médico—. Si no hay fisuras —agregó—, es posible no advertirlo nunca.

—Tengo miedo —confesó el paciente.

—No siempre el miedo protege —respondió el doctor Minnovis—. A veces impide, posterga, disuade o anula.

Le parecía que habían llegado al fondo de la cuestión. Suponiendo que existiera un fondo. Podría tratarse de un falso fondo, un fondo encubridor, que escondiera otro fondo por debajo.

Pero el señor Enríquez, dubitativo, insistió una vez más.

—¿Qué cree que podría obtener con ello? —preguntó.

—Quizás la convicción de que ser mujer también es un fracaso —sentenció el doctor Minnovis y dio por finalizada la sesión.

El señor Enríquez no volvió. El doctor Minnovis pensó que posiblemente se había escandalizado con su propuesta, y el miedo tuvo efectos terapéuticos: le enseñó a vivir tranquilamente con su obsesión. En todo caso, no tenía por costumbre seguir a sus pacientes, una vez que dejaban de venir.

Entretanto, había llegado la primavera. Una primavera inestable. Había días muy ventosos, y otros, calmos pero grises. La densidad del polen en el aire era muy alta. El doctor Minnovis, como muchas personas, empezó a padecer rinitis.

A mediados de la primavera, el señor Minnovis se separó de su esposa. Sentía la necesidad intensa de estar solo. Seguramente se trataba de una etapa pasajera, pero decidió hacerlo. Podía ser la última crisis de su vida, y tenía que aprovecharla. Las crisis, a pesar de su dolorosa angustia, arrojan una mirada implacable al interior. Alquiló un discreto apartamento de soltero en el barrio alto, con servicio doméstico y lavandería incluidos. Al hacerlo, experimentó una reconfortante sensación de alivio. Iba a su trabajo, en la Mutua de Empresarios, daba un paseo, y cuando volvía a su apartamento se preparaba un sandwich, bebía un vaso de leche y disponía del resto del tiempo para sí mismo, en amable relajación. Le gustaba estar solo, sin lazos, como si fuera el único habitante de este mundo. Escuchaba el contestador automático a la noche, pero casi nunca respondía a las llamadas. A veces, se quedaba dormido en el sofá de la sala, con el vídeo encendido. Miraba algún clásico del cine negro o cortos pornográficos, que eran como un somnífero. El doctor Minnovis tenía la sensación de que su libido había descendido considerablemente, pero esa comprobación no lo inquietaba. Del mismo modo que mucha gente se toma unas vacaciones en la vida para hacer todo lo que no han hecho hasta entonces, a él le pareció oportuno tomarse unas vacaciones para dejar de hacer lo que había hecho durante toda su vida.

No hacía el amor, pero una tarde, luego de dar un paseo por una galería de grandes almacenes, el doctor Minnovis entró en una elegante tienda de lencería femenina. Se interesó por un sujetador negro, lleno de encajes, que en lugar de tener el broche en la espalda lo tenía en los senos. Al oprimir el pequeño engarce, ambas copas del sujetador se soltaban con un inconfundible chasquido. Al doctor Minnovis le pareció un invento muy gracioso. Cuando el broche se soltaba, era como abrir unas gigantescas compuertas. Los senos se desparramarían, con toda su lujuria. También se interesó por una malla roja de seda brillante, con una única abertura, a la altura de la vulva. Hizo empaquetar ambas cosas y pidió que las envolvieran para regalo.

No tenía la dirección del señor Enríquez, la había dejado en el consultorio.

Esa noche, el doctor Minnovis decidió cenar solo, en su apartamento de soltero. Había comprado verduras frescas, pescado y un buen vino. Para el postre, pastel de queso y frambuesas.

Encendió una vela, para cenar en la intimidad, puso en el aparato de música la voz profunda de Dionne Warwick y, cuando ésta acabó, encendió un cigarrillo. Ya no fumaba como antes, pero en ocasiones especiales se premiaba fumando un cigarrillo. La noche era placentera, sin ninguna duda. Se asomó al balcón protegido por cristales y observó, a la distancia, el enorme rótulo de la Philips Company, rodando, en el cielo oscuro, con su intenso rojo y amarillo. Las antenas parabólicas de los edificios, clavadas como cruces, parecían los símbolos religiosos de una civilización absolutista. Entonces, lentamente, el doctor Minnovis decidió desenvolver las prendas de lencería que había comprado.

Se asombró al comprobar que podía manipular con facilidad los juegos de broches y de cintas. Esto demostraba que la torpeza de los hombres ante la ropa femenina no era, en realidad, torpeza: era un mecanismo de defensa para no confundirse, ni ser confundido.

Su imagen, ante el espejo, ataviado con un sujetador de encaje negro, de amplias copas, y un liguero del mismo color, con el sexo viril enhiesto, sobresaliendo entre las piernas, le pareció un anuncio de revista pornográfica. Sonrió y enseguida experimentó una grata sensación de placer. Nadie lo veía, podía hacer lo que quisiera, sin testigos, ni jueces, ni censores. Y lo que quería el doctor Minnovis, esa noche, era acariciarse los senos, como si fueran enormes, rodearlos con los dedos, resbalar hasta los muslos, bailar, bailar, como una corista, mientras Dionne Warwick, en el compact, murmuraba: SER MUJER ES MARAVILLOSO.

Extrañas circunstancias

El hecho de que su marido hubiera muerto de manera inesperada, a los treinta y ocho años, y sin padecer ninguna enfermedad, no era lo que más angustiaba a Josefina, a pesar de que tenía dos hijos pequeños y un incierto futuro económico. Lo que más la angustiaba eran las circunstancias que rodeaban la muerte de su esposo.

En efecto: Javier Marín, treinta y ocho años, propietario de una pequeña fábrica textil con veinticinco trabajadores, había fallecido en «extrañas circunstancias», como informó la prensa. Los diarios agregaban que había muerto en la habitación del fondo de la fábrica; una habitación privada, lejos de las máquinas y de los talleres donde, aparentemente, pasaba sus ratos libres. Josefina nunca había oído hablar de esa habitación, ni conocía su existencia. Es verdad que no solía ir a la fábrica. Estaba demasiado ocupada con los niños, las tareas de la casa y, además, no sentía ningún interés por la industria textil. Javier tampoco le había hablado de esa habitación, ni de otra, porque cuando llegaba a la casa, luego de una larga jornada de trabajo, no tenía ganas de referirse a los negocios.

La noticia de la muerte de su esposo se la comunicaron dos agentes de policía que llamaron a su puerta, mientras los niños (una niña de cinco años y un varón de ocho) estaban en el colegio. Los policías parecían nerviosos; le enseñaron sus identificaciones y luego, algo turbados, le dijeron que su marido había fallecido «en extrañas circunstancias». Ella, de inmediato, se imaginó un homicidio. Un horrible asesinato por dinero, o por negocios. Era una época muy dura. La crisis económica había afectado a muchas empresas y arruinó la industria. Varias fábricas habían cerrado, y los trabajadores se quedaron sin empleo. Los bancos se negaban a dar créditos y, si lo hacían, los intereses eran tan altos que los empresarios no los podían pagar. Pero los agentes de la policía, que parecían algo inhibidos, o suspicaces (en la confusión que le provocó la noticia, Josefina no tenía mucha claridad de juicio), le aseguraron que su esposo no había sido asesinado. «Un accidente», pensó. Quizás, una máquina del taller. Su marido habría intentado repararla, y la máquina lo destruyó. O una caldera. Una caldera había estallado e incendiado el local. Pero los policías le advirtieron que era otra clase de accidente. No un accidente laboral. «Entonces, fue el auto. El camino estaba lleno de niebla y se estrelló contra un árbol, o perdió el control del volante al rodar por el hielo». Tampoco éstas parecían las causas de la muerte de su marido. Los policías le dijeron que, en cierto sentido, se había dado muerte a sí mismo. Esta información la sorprendió hasta tal punto que Josefina trastabilló, se apoyó en una silla y experimentó un mareo. Pidió un vaso de agua. Uno de los agentes echó una mirada alrededor, luego dio unos pasos, por fin se dirigió hacia la cocina y le trajo un vaso de agua del grifo. El agua tenía ese sabor a cloro característico de las grandes ciudades. Ella nunca empleaba esa agua, ni para beber ni para cocinar. Bebió ávidamente, como si hiciera siglos que no bebía. ¿Por qué motivo Javier iba a suicidarse? Es verdad que los negocios no atravesaban una etapa floreciente, pero la pequeña fábrica había remontado la crisis, especializándose en camisetas impresas, y su marido era un hombre optimista, nunca se desanimaba. En cuanto a la relación matrimonial, funcionaba igual que siempre. Sin pasión, pero con armonía. Llevaban diez años casados y no tenían grandes conflictos. Su marido quería mucho a los niños (en especial a Alicia, la pequeña), y éstos no daban disgustos. «Una amante», se dijo Josefina. Quizás su marido había tenido una amante, a escondidas, y no resistió la presión de la clandestinidad. Desechó la idea: Javier era un hombre sólido, sin histeria. Podía haber tenido una amante, pero, en ese caso, la víctima habría sido la mujer, no él. Y si la historia era más importante —si Javier hubiera querido otra esposa, por ejemplo—, se la habría contado espontáneamente, pensando, como buen hombre de negocios, cuáles eran los pro y los contra de un divorcio.

Por fin, uno de los agentes se animó a decirle que su marido había muerto asfixiado por una bolsa de nylon. La información no disminuyó la perplejidad de Josefina. ¿Qué hacía su marido con una bolsa de nylon metida en la cabeza? Javier no era una persona temeraria. No encontraba ninguna razón para que estuviera experimentando con una bolsa de nylon, salvo que hubiera decidido suicidarse. El policía insistió en que no se trataba de un suicidio, aunque de cierta manera era un suicidio involuntario. La explicación le resultó poco convincente. Hay muchos intentos de suicidio fallidos, porque la persona sólo busca llamar la atención, manifestar su malestar, hacer demandas. Pero pocas personas desean vivir y consiguen suicidarse.

Por fin, el otro policía le reveló que su marido había muerto asfixiado por una bolsa de nylon, vestido con un liguero de encaje negro y un sujetador a tono, y un par de alfileres clavados en los pezones. En la boca sostenía una naranja apenas mordida. No muy lejos había un látigo de tres puntas. Las huellas en el cuerpo demostraban que, antes de morir, se había azotado, no muy fuerte, sólo para excitarse, posiblemente.

Josefina sintió que sus nervios se deshacían, como si se tratara de una madeja de lana. La fría y escueta descripción del otro agente la hizo reír, primero, y luego, llorar, en una confusión histérica. El primer policía le dijo que le haría bien llorar un poco, y enseguida agregó que era tarde, que lo lamentaba mucho pero debía acompañarlos *al lugar de los hechos*. Si lo deseaba, podía llamar a algún familiar, para no sentirse tan sola. El juez que se encargaba del caso tenía prisa, había sido una mañana muy complicada. Le informó, también, que afuera se encontraba estacionado un auto de la policía para conducirla.

No se le ocurrió llamar a nadie. ¿A quién podía llamar? Sus padres vivían lejos de la ciudad y, además, no quería alarmarlos. Josefina recordó que su marido tenía un abogado, para los negocios de la empresa, contratos, ventas y cosas así. No le pareció oportuno llamarlo para esta clase de asunto.

El juez encargado del caso no era un juez, sino una jueza. Una mujer joven, recién salida de la universidad, supuso, que habría ganado las oposiciones después de empollar noche y día. Parecía algo anonadada, aunque intentaba disimular, igual que ella. Seguramente se trataba de uno de sus primeros casos.

Cuando Josefina llegó al *lugar del hecho*, como dijeron los policías, la jueza le informó que ya había levantado actas, pero que ella debía reconocer el cadáver y firmar un recibo. Josefina pensó que un muerto era como una mercadería: algo que se entrega, contra firma del comprador. Pero ella no había comprado el cadáver de su marido. Le pertenecía, igualmente, como le pertenecían las ropas, los objetos del despacho y hasta las deudas, pero era una propietaria involuntaria. La jueza le aconsejó que llamara al abogado de su esposo, y uno de los empleados de la fábrica, al que ella no conocía, pero observaba todo el asunto desde lejos, con deseos de intervenir, se ofreció a realizar la llamada. Envuelta en unos trámites que por lo menos le resultaban embarazosos y absurdos, Josefina preguntó si debía entrar *al lugar del hecho* y reconocer a su marido en las mismas circunstancias en que lo habían encontrado, y la jueza le contestó que sí, pero que se trataba de un trámite muy rápido, no necesitaba mirar demasiado. La empresa fúnebre se haría cargo de todo lo demás.

Cuando Josefina accedió a la misteriosa habitación trasera de la fábrica tuvo la sensación de entrar a un lugar prohibido, a un espacio íntimo y privado, secreto. Como la cueva de un animal desconocido, antiguo y legendario y, por eso, peligroso. También sintió que violaba un acuerdo tácito y silencioso, y se preguntó si le correspondía hacerlo. Tenía acceso, por casualidad (tan casual como asfixiarse con una bolsa de nylon con la que sólo se pretendía jugar, aumentar el placer), a un templo de una religión extraña, a la cual no había sido iniciada.

En efecto: la pequeña habitación, al fondo de la fábrica de tejidos, era un santuario. Pero un santuario pagano. Aunque estaba oscuro —no había ventanas ni puertas laterales—, Josefina pudo distinguir las figuras de culto de esa religión extraña: prendas de cuero, collares de metal, lienzos blancos manchados de sangre, aros de hierro colgados de las paredes, fotografías de hombres y de mujeres desnudos cuyos rostros expresaban una exaltación mística u orgásmica, sedas rojas, ligueros de encaje negro, largas botas de mujer con cintas entrelazadas, pequeños punzones, cinturones dorados, grandes hebillas con forma de pájaro, de perro o de águila, látigos puntiagudos y una serie de instrumentos de metal, como los que alguna vez había visto en las vitrinas de los consultorios médicos.

Tendido en el suelo y cubierto caritativamente con una sábana blanca, estaba el cadáver de su esposo. No lejos, una bolsa de nylon vacía, ajada y desinflada, sostenida por pinzas. A su lado, una naranja de piel roja y brillante, apenas mordida.

Josefina pensó que se iba a desmayar, pero hizo un esfuerzo: no quería perder el sentido en esa extraña habitación que se había abierto por primera y única vez para ella. Firmó con rapidez los confusos papeles que le extendieron, de espaldas a su esposo y a la rara parafernalia que lo rodeaba. Sin embargo, sabía, con toda certeza, que no podría olvidar nunca aquella pequeña y escondida habitación —como un quirófano clandestino—, poblada de objetos brillantes, sedosos, puntiagudos, sus picos de metal, sus alas de papel. «La sala de juegos de un niño loco», pensó. Loco, pero inolvidable.

Días después del funeral, Josefina decidió llamar a una amiga. Laura era periodista en una revista femenina muy moderna, para mujeres «liberales e independientes». Se había divorciado hacía dos años y aseguraba que no pensaba volver a casarse. La había visto durante el funeral, pero sólo de una manera fugaz. Pensó que era la única persona con la que tenía deseos de hablar. A partir de la muerte de su esposo —«en extrañas circunstancias»—, Josefina tenía una necesidad imperiosa de hablar. «Debe ser un síntoma de histeria», se decía a sí misma, pero, fuera lo que fuera, le estaba ocurriendo a ella. Una voz interior que cambiaba de tono: a veces, correspondía a la suya, a veces, a la de Javier. Pero, en otras ocasiones, no podía identificarla. Como si estuviera hablando alguien imaginario, un ser inexistente que le susurraba cosas inquietantes en los oídos. Que le impedía dormir. Que la mantenía alerta. Todo lo que le decía giraba en torno a la muerte de su esposo. A su extraño sacrificio. Así lo había llamado la voz. Quizás esa voz quería hablar con el marido muerto. Quizás estaba dirigida a un interlocutor que no podía oírle ni contestarle; no podía interrumpirla, no podía obligarla a callar. Pensó que se trataba de ella misma, desdoblada. Era ella quien deseaba hablar con Javier. Sacudirlo. Hacerle preguntas y reproches. No quería hablar con el marido muerto: quería hablar con el hombre vivo, que ya no estaba ni la oía ni contestaba, porque estaba muerto, se había muerto sin querer, estúpidamente, encerrado en una triste bolsa de nylon que no atinó a abrir a tiempo, y con una naranja muy roja, muy prieta en la boca, como un seno, como el seno óptimo repleto de leche del cual el neonato sorbe, con inigualable placer. Podía haber seguido dialogando con la voz que sólo ella oía, pero le pareció más prudente buscar un interlocutor, alguien real, vivo. Alguien que pudiera romper el soliloquio continuo. «Soli-loquio», pensó: la soledad de un loco. Los locos, en su locura, están completamente solos.

Su marido se encerraba —solo— en una habitación escondida para realizar, ejecutar sus juegos, sus ceremonias eróticas. ¿Como un loco? ¿Su marido estaba loco y ella no lo advirtió?

—No estaba loco, querida —le dijo su amiga Laura, con firmeza—. Por lo menos, no estaba completamente loco. No más que tú o yo.

Los diarios de la ciudad habían publicado en primera página la muerte de su esposo. No era un hombre tan importante como para ocupar las primeras páginas; naturalmente, las «extrañas circunstancias» dieron carnaza a los periodistas. Las descripciones fueron detalladas, minuciosas. Ninguna crónica ahorró el detalle de la naranja, de modo que, una mañana, su hijo Javier (llevaba el nombre de su padre) le preguntó:

—¿Por qué papá murió con una naranja en la boca?

Habría escuchado algún comentario en el colegio; era inevitable.

—Seguramente fue lo que tuvo ganas de hacer en ese momento. No sabía que iba a morir, y mordía una naranja como tú mascas chicle en este instante —le explicó Josefina.

Desde la muerte de su padre, Javier parecía algo aturdido. Nada muy importante: un leve atolondramiento.

—¿Y la bolsa de nylon? —preguntó Javier—. Todo el mundo sabe que no se puede meter la cabeza en una bolsa de nylon —dijo—. Hasta los niños pequeños lo saben —agregó.

Habían publicado una fotografía en los diarios. Por suerte, estaba suficientemente borrosa como para no distinguir nada con claridad.

—Tu padre debía de estar borracho —fue lo único que se le ocurrió decir—. Tenía muchas reuniones de negocios

—explicó—. No era un bebedor, pero a veces, por compromiso, tomaba una copa de más.

Su hijo la miró con desconfianza. La respuesta no le había parecido muy convincente.

—En el colegio me contaron que una vez, un niño pequeño, mientras jugaba, murió asfixiado con la cabeza dentro de una bolsa de nylon —dijo Javier.

—Los adultos a veces se comportan como niños —se le ocurrió comentar a Josefina—. Y los niños, a veces se comportan como adultos —agregó.

Pero no podía ser tan genérica. El niño no estaba hablando de los adultos: estaba hablando de su padre muerto.

—Si se ahogó con una bolsa de nylon, es que era un tonto —concluyó su hijo.

Ella pensó que, en medio de su angustia, Javier había encontrado una explicación. No era una mala táctica: si su hijo conseguía desarrollar un poco de agresividad contra el padre muerto, el dolor disminuiría. Era lo que le había dicho Laura.

—Es muy raro que no estés irritada contra tu marido —le reprochó—. Lo menos que puede decirse de él es que te ha colocado en una situación difícil, además de incómoda.

Incómodo había sido el funeral: toda aquella gente que hablaba en voz baja, mirándola con una mezcla de compasión y extrañeza.

—No lo hizo deliberadamente —respondió Josefina—. No intentaba matarse. No quiso abandonarme en esta situación. Ocurrió por casualidad. ¿Cómo voy a estar enojada con él?

—Creo que oscuramente te sientes culpable de algo —observó su amiga—. Suele ocurrir —agregó—. La madre ejemplar se siente culpable del accidente de su hijo tarambana, la esposa engañada piensa que es la responsable del adulterio de su esposo: algo no le dio, algo le faltó...

—Es posible —murmuró Josefina—. Si es así, espero que no me dure mucho tiempo.

No sólo para ella fue un funeral incómodo. También lo había sido para los padres de Javier y para sus propios padres.

—Todo el mundo parece dispuesto a compadecerse de alguien que muere de un cáncer, de un infarto o porque su avión se cayó. Pero si alguien se muere con una bolsa de nylon anudada al cuello y una naranja en la boca —le dijo a Laura—, lo único que consigue es poner nerviosos a los que le sobreviven.

—Olvidas algunos detalles —le recordó Laura, implacable—: los ligueros negros que llevaba puestos y los alfileres en los pezones.

Por eso la había llamado: Josefina intuía que era la única persona que la podía ayudar. No se puede pensar cualquier cosa. No se puede pensar todo, como había hecho los primeros días. Sólo es conveniente pensar algunas cosas, y formar con ellas una estructura. Durante los primeros días después de la muerte de su esposo, Josefina había pensado todo y cualquier cosa.

—No sé por qué es más respetable un cáncer que la masturbación —opinó Josefina.

—La enfermedad nos convierte en víctimas —le respondió Laura—. La masturbación, en culpables.

Laura rio. Le gustaba su risa franca, desenvuelta.

—Me imagino que mucha gente habrá empezado a tomar precauciones, luego del funeral —siguió Josefina—.

Pasa igual con el infarto: cuando un conocido sufre un infarto, sus amistades y la gente que lo rodea dejan de fumar, cuidan las grasas... El abogado está especialmente incómodo —agregó—. Como si siempre tuviera presente que su cliente falleció vestido de mujer, con alfileres en los pezones y la cabeza atrapada en una bolsa de nylon.

—¿Te refieres a Domínguez? —preguntó Laura. Más que una pregunta, era una afirmación—. Él no se encierra en un cuchitril lleno de aros de metal y látigos de tres puntas. Él persigue a las secretarias en su despacho, con la bragueta desabrochada y un talonario en la mano. Algo completamente vulgar —afirmó.

—Qué convencional —comentó Josefina.

En cambio, lo de Javier le inspiraba una especie de ternura. Era algo infantil, como un sueño adolescente.

—Quizás siempre llevamos un niño adentro, y sólo lo dejamos salir en la intimidad, cuando nadie nos ve —observó.

—Un niño de treinta y ocho años que se encierra con su juguete preferido, lejos de los negocios, de la familia y de cualquier mirada enjuiciadora —opinó Laura.

—Algo que debería haberle ocurrido a mi hijo, no a él —especificó Josefina.

No había ninguna crueldad en su corazón. Sólo un cierto rigor. Un rigor que tenía que ver con la dureza de la vida.

—Las mujeres no sabemos qué desean los hombres. Sólo otro hombre puede saberlo —dijo.

—No creo que sea ignorancia —contestó Laura—. No queremos saber, para mantener la ficción de la correspondencia. Podrían ser deseos opuestos, encontrados, inconciliables. Podrían ser deseos insaciables e insobornables. Deseos que nacen de cuerpos diferentes.

—Entonces... todo es imposible —murmuró Josefina.

—No todo el mundo tiene la desgracia de asfixiarse en su bolsa de nylon —respondió su amiga—. Siempre hay mujeres dispuestas a satisfacer los deseos ocultos, por poco dinero. Es una magnífica solución. Para el deseante, claro. Por lo demás —agregó—, no creo que los hombres sepan cuál es el deseo de las mujeres.

—Me parece que ya no siento tanta ternura —reflexionó Josefina, en voz alta—. Mejor dicho —explicó—: ya no siento ternura sólo por Javier. Ahora siento una ternura mucho más general —concluyó.

Unos meses después de la muerte de su marido, Josefina encontró a su hijo varón (que acababa de cumplir nueve años) jugando con una naranja en la boca.

—Mira, mira, mamá —reclamó el niño—. Parezco un niño chico mamando —dijo.

Josefina lo observó.

—Hazlo muchas muchas veces —le aconsejó—. Hazlo todo el tiempo que quieras.

La autorización no solicitada pareció desconcertar un poco a Javier.

—Para no tener que hacerlo a los treinta y ocho años, dentro de una bolsa de nylon —concluyó ella.

Javier siguió chupando. Es cierto que su padre había muerto, pero tenía una madre estupenda. Al fin y al cabo, estaban mucho mejor solos.

La destrucción o el amor

Voy al supermercado de mi calle. Está bien provisto, en sus varias plantas puede comprarse todo lo imaginable, desde una caja de alfileres hasta una barca a motor. Me gusta entrar —la planta baja tiene dos entradas, por dos calles distintas— y llevar una hoja en el bolsillo, con la lista de cosas que debo comprar para esperar a Ana.

Al principio pensé que era un inconveniente que Ana y yo viviéramos en ciudades diferentes. Después me di cuenta de que no, de que me daba placer desearla mientras estaba ausente. No tenemos fechas fijas para vernos. En realidad, ahora que lo pienso, no sé cómo vive Ana. Sólo sé que vive en una ciudad distante, a cuatro horas de avión. No quise pedirle su número de teléfono, pero le di el mío. Sin embargo, no lo usa. Simplemente, a veces recibo un telegrama: «Espérame el jueves a las ocho de la noche. Ana». O.K. Me parece innecesaria cualquier palabra que no tenga que ver con el deseo, cualquier información accesoria que no agregue nada a nuestros cuerpos y pueda debilitar la concentración en el deseo. El deseo es exigente, intolerante, despótico. Al deseo no le interesa saber nada que no tenga que ver con los cuerpos y con los gestos. Le agradecí silenciosamente que jamás hiciera una pregunta que no concerniera a ello. ¿Para qué querría saber dónde trabajo, si tengo parientes, cuál es mi partido político o mi afición favorita?

No hace preguntas. Yo tampoco. Ni siquiera sé si Ana es su verdadero nombre. De todos modos, ¿qué importa? Sí importan los nombres secretos que nos damos mutuamente y que no figuran en el carnet de identidad.

Los telegramas llegan intempestivamente. A veces, me los entrega el portero, otras, los recibo por teléfono. Pero las citas siempre son nocturnas. Se lo agradezco, porque eso me permite preparar las cosas por la mañana.

El día fijado, falto al trabajo. Doy alguna excusa razonable: tengo anginas, mi madre está enferma, las tuberías del edificio tienen un desperfecto y debo esperar al fontanero. No podría decir simplemente: «Estoy ocupado. Debo preparar el encuentro con Ana». A nadie se le ocurre conceder un día de asueto por el motivo más importante del mundo: por una cita amorosa. Por enfermedad, sí, por placer, no.

Es lo de menos. El pretexto siempre funciona y yo me levanto temprano, bebo una gran taza de café, enciendo un cigarrillo y comienzo a imaginar el encuentro. Los objetos habituales y anodinos de cada día cobran, entonces, una singular importancia. Los cigarrillos, por ejemplo. Escojo tres y los deposito al lado de la cama: luego de hacer el amor, me gusta introducir el cigarrillo —del lado del filtro— en el sexo húmedo de Ana. El delgado papel se empapa con su flujo y cuando lo extraigo de su vagina, tiene el sabor de las paredes interiores de su sexo. Me lo llevo a los labios, lo enciendo —a veces está tan mojado, que se enciende con dificultad— y aspiro profundamente. No hay cigarrillo que sepa mejor que ése. Su sabor ha cambiado, mezclado con sus jugos. Ahora sabe levemente a algas.

«Las mujeres huelen a pescado», dijo un día mi jefe, medio borracho. Cenábamos. Era una cena de trabajo y él había bebido demasiado. Lo dijo con cierto disgusto, como si el olor a pescado le desagradara. Sin embargo, le he visto comerse unas grandes lubinas, salmones al horno y rodaballos. Se lo hice observar, y me replicó que una cosa es el olor del pescado fresco y otro el del pescado cocido. «Las mujeres huelen a pescado vivo», dijo. Es un olor que a mí me excita. Me gustan los perfumes fuertes, esos que no se pueden ocultar ni alterar. Los frutos del mar: los duros crustáceos, los rosados mariscos, las lujuriosas ostras, las angulas delgadas como serpientes. Un olor que se queda en las manos, igual que el de las mujeres. El poderoso olor del bacalao entre las piernas. Con la cabeza metida entre los muslos de Ana aspiro hondamente. El vaho lubrificado me empapa los labios, la barbilla, entra por mi nariz y me llega a la cabeza, mareándome. ¿Qué les gusta a los hombres de las mujeres, si no les gusta su olor? Me explico perfectamente que los antiguos pretendieran comerse el cuerpo de los enemigos. El amor y el odio sólo pueden terminar en la deglución del otro. ¿Acaso las mujeres embarazadas no llevan al hijo en el vientre, entre las vísceras, mezclado con la sangre y con el agua, con las materias fecales y el bolo alimenticio? Aman a sus hijos porque han estado dentro de ellas, chupando sus secreciones, alimentándose de sus glándulas, sobados de grasa y féculas. Así es el amor: una cuestión fisiológica, una cuestión de vísceras. También entendía al japonés que mató a su amiga en París, la troceó en pedacitos y luego la metió en el congelador. Cada día sacaba de la nevera una porción y se la comía, aderezada con verduras y condimentos. Un trozo de brazo al horno, con cebollitas y pimientos. De postre, un seno aderezado con salsa de guindas. Si las mujeres no parieran por la vagina —que es una especie de defecación—, podrían vomitar a sus hijos. Un vómito convulso y espasmódico, del cual saldrían trozos de manzana mezclados con esperma, lágrimas, un brazo de niño, las cervicales, la bolsa de bilis, la cabeza peluda y los pulmones.

El japonés se la comió, y con eso cumplió un antiguo ritual casi olvidado: la ingestión por la boca de aquello que amamos o de aquello que odiamos, para poseerlo definitivamente. También nos comemos a las vacas en forma de filete, a las gallinas en el caldo, a los blancos conejos y a las perdices.

Mi deseo de Ana también es un deseo corporal, ampliamente fisiológico. Las piernas, por ejemplo: adoro rasurárselas. Le pido que no se depile en su casa, que llegue hasta mí provista con los pelos que Dios le ha dado. Me gusta que venga con todas sus cosas mezcladas de fuertes olores, pelambre, secreciones y excrecencias. Extiende las piernas sobre el sofá de terciopelo negro, levanta un poco su vestido, y yo descubro sus hermosas piernas, sus amplios y blancos muslos y su grupa cubiertos por un vello más abundante en las extremidades, delicadamente fino, casi imperceptible más arriba de la rodilla. Entonces deslizo un dulce aceite sobre sus piernas desnudas y las froto suavemente. Mis dedos se impregnan con la crema. Jugos interiores, zumos fisiológicos, ceras naturales y aceites vegetales, ¿quién podría distinguirlos, y para qué?

Entre una cita y otra, no nos comunicamos. Se va a la mañana siguiente, y ni siquiera la acompaño al aeropuerto. Nada de las tibias despedidas de los amantes, de las frases convencionales del adiós, de las estúpidas conversaciones para llenar el tiempo. Nada de lo que los ingenuos llaman amor, los cursis, los débiles. Pero ¿quién se atrevería a decir que no nos amamos? Siento un amor irrefrenable por sus células. Las menudas células, provistas de citoplasma y de núcleo que conforman su epidermis. Las he mirado con lupa. El tejido epitelial de Ana se dispone en pequeños rombos de delicadas aristas cuyos lados se tocan. Pienso en su cuerpo: innumerables células dispuestas a lo largo de su fémur, de su nuca, de su garganta, de sus clavículas, de su tibia. Nada agregaría a ese minucioso conocimiento que tengo de su piel, de sus músculos, de sus glándulas, el saber dónde vive, quiénes son sus progenitores, cuánto gana y qué melodías escucha cuando está sola. A propósito: en la lista del día de hoy he incluido *Bluebird*, de James Last. Una flauta lastimera, aguda como una quena, que desgarra placenteramente. Tuve que revisar varios anaqueles de discos hasta encontrarlo. No importa: el amante elige los objetos del ritual del amor con la dedicación y el conocimiento de un buen coleccionista.

La esperaré con una fuente de fresas rojas que haré estallar sobre su cuerpo para que sangren. Alguna tendrá el tamaño exacto de su clítoris. Será como un acto homosexual: clítoris contra clítoris, el zumo rodará por los labios hinchados de su sexo.

En la planta baja del supermercado me he entretenido en la sección de jabones. Hay algunos tersos, resbaladizos, de colores, envueltos en celofán; elijo tres: uno verde con olor a pino, para el vello de las axilas de Ana; uno color salmón, para su sexo, y el lila —el color con que vestían a las brujas, antes de quemarlas— para su espalda. Compro también un juego de velas en forma de nenúfares que flotan en una fuente de vidrio llena de agua, como un mar de senos cortados. Y las oscuras bolas del caviar iraní, que me gusta depositar sobre su pubis, como escarabajos enredados en sus vellos. Comérmela y amarla es todo uno. Sobarla y saborearla. Mis glándulas mezcladas con las suyas, mi sudor a su sudor, mi bilis a su bilis, en el caos original de la tierra, en el magma inicial del cual nada era separable, lo sólido de lo líquido, los gases de las vísceras, la piel de los huesos. Se nace revuelto y se muere en la peor de las soledades: la de un cuerpo destruido que ya no tiene eco en otro cuerpo. Me pregunto si la gente se muere cuando ya no tiene otro cuerpo que responda al suyo.

El jefe dijo ayer —en un almuerzo de negocios— que está contento con su matrimonio, que su mujer le comprende. Me he reído entre dientes. ¿Qué hay que comprender de ese gordo seboso que ingiere cantidades extraordinarias de alimentos depurados —margarinas vegetales, yogures descremados, zanahorias deshidratadas—, que va al gimnasio tres veces por semana y realiza ejercicios espirituales una vez al año, en un balneario de moda? Desconfío de los gordos: convierten en grasa los instintos reprimidos. Sudan en la sauna, no en la cama. Yo, en cambio, no soy gordo: lo consideraría una ofensa para la mujer que me ame. Las manos de Ana, cuando recorren mi costado, no tienen dificultad en descubrir, bajo la superficie de la piel, mis firmes huesos. Los toca con placer, los palpa, los distingue.

—Me comería un buen asado de tu costado —me dice.

Lame mis tetillas y mete la lengua en mi ombligo: como se lamen los animales entre sí, para curarse las heridas o demostrar su cariño.

Mientras la espero, doy brincos por la sala como un chimpancé, me golpeo el pecho, rujo, ando a cuatro patas. El animal que hay en mí se prepara para su fiesta. El otro día leí en una revista norteamericana que ésa era una clase de terapia. Me reí. El psiquiatra yanqui que recomendaba el ejercicio creía descubrir las virtudes profilácticas de volver a ser, unos minutos por día, el animal que fuimos. Olvidarlo se paga con la muerte: un estallido de vísceras enfermas que hablan a través de la destrucción, por haber permanecido tanto tiempo en silencio.

Yo no quiero la muerte de Ana; sé que mientras nos amemos con los cuerpos primitivos, con la grasa de la piel que protege del frío, con los pelos de la nariz que cierran el paso a las bacterias, con el hígado palpitante que filtra las toxinas, no morirá. Sólo mueren los cuerpos que han estado largo tiempo callados.

Pero un día se casará. En su ciudad innominada, a cuatro horas de avión, contraerá matrimonio como se contrae una enfermedad. La enfermedad social. Su cuerpo, encogido sobre sí mismo; sus vísceras, en ebullición; sus glándulas, henchidas, se recogerán para multiplicarse —ella, multiplicada— en el hijo. Curiosa partenogénesis de la cual surgirá una segunda Ana, o un Ano, para cumplir con el destino de la especie. Yo que, como hombre, no puedo dividirme, ni multiplicarme, ni albergar a otro, sólo puedo aspirar, como macho, a comerme otro cuerpo, a aniquilarlo: no me ha sido dada la reproducción. Sólo puedo morir o matar: no puedo ser dos en uno más que de esa manera luctuosa.

Ana: *Voz que se usa para denotar que ciertos ingredientes han de ser de peso o de partes iguales.*

Tu nombre, pues, es un error: nunca seremos iguales. Nos amaremos, no obstante, en la diferencia, hasta la destrucción. ¿Quién sobrevivirá, de los dos? Tú, para parir. Las mujeres dejan de interesarse por los hombres una vez que están embarazadas. El intruso que hemos inmiscuido en sus vísceras nos exilia sin remedio: nos aparta, nos excluye. Todos quedamos huérfanos de la mujer embarazada. Por eso nos volvemos hacia otras mujeres, no madres, mujeres vacías que necesiten ser llenadas. Seguramente, cuando ya no vuelvas, tendré una depresión. La depresión no es una enfermedad del alma, como creen algunos: es la enfermedad del cuerpo que ya no desea, que no sabe qué desear, que ha sido privado por alguna razón del objeto de su deseo. Entonces, en el no deseo, comienza a destruirse lentamente. Mis pelos dejarán de brillar, con este lustre que les da el deseo; mi torso se inclinará, avejentado; mi piel adquirirá ese tono blanquecino de los muertos que una civilización equivocada ha considerado superior; mis manos se volverán insensibles y mi nariz ya no olfateará en los recovecos de otro cuerpo las sustancias primigenias. Envejeceré mientras tú amamantes a tu hijo: él me privará de mi sustento.

Pero para esa enemistad futura todavía hay tiempo.

Cojo el teléfono y marco el número de la oficina. Pregunto por el jefe. No contesta enseguida, porque es un hombre muy ocupado; siempre tiene miles de trámites que resolver, entre píldora y píldora (un anabolizante, un digestivo, una gragea para la circulación y vitaminas antiestrés).

—Soy Carlos —le digo—. Me duele la cabeza y estoy mareado...

—Algo que ha comido le sentó mal, seguramente —dice mi jefe, satisfecho de darme consejos—. Tome un Alka-Seltzer y repose. Sobre todo, no ingiera ningún alimento sólido en el resto del día.

Alimento sólido, pienso: las nalgas de Ana, con naranjas flambeadas.

—De acuerdo —digo, y cuelgo.

¿O quizás unas delicadas meninges en vinagreta?

Entrevista con el ángel

Conocí al ángel en un bar de homosexuales del centro. El bar se llamaba Wilde's y en las paredes había fotografías de travestidos famosos a quienes yo no conocía ni había visto jamás, pero que sin duda eran figuras muy apreciadas en el ambiente. También aprendí que la palabra *ambiente* designaba precisamente esos lugares, donde se reunían hombres y mujeres para tomar una copa, reír, sufrir o ligar. El Wilde's era mixto y la fauna de aquella noche de julio tenía un aspecto muy variado. Creo que se trataba de un viernes, y mi mujer acababa de abandonarme. Ella no soporta que yo diga «mi mujer», porque cuando se refiere a mí no dice «mi hombre», pero me siento ridículo si digo «mi compañera», y «mi esposa» sólo lo uso para casos oficiales. Pues bien, «ella» acababa de abandonarme, justamente en julio, cuando muchas cosas estaban cerradas y la oficina donde trabajo —una gestoría— se encontraba de vacaciones. Hay algo peor para un hombre que el hecho de que su mujer lo abandone por otro hombre, y es que lo abandone por una mujer. Eso era lo que me había ocurrido y no conseguía digerir. El hecho se había instalado en el centro de mi estómago, como una bola de cemento, que no me permitía ni tragar ni vomitar, y en el centro de mi cabeza, impidiéndome cualquier clase de pensamiento, o simplemente, dormir. No sabía si tenía que ir a un psiquiatra, al juzgado de guardia o a un abogado. A ella la mandé al médico, con lo cual sólo conseguí una risita irónica y un comentario mordaz:

—Si hubiera conocido a Irma antes que a ti, seguramente no me habría casado contigo.

La amante de mi mujer se llamaba Irma, era decoradora y bastante guapa. Ésta fue mi primera sorpresa: tenía entendido, o me hicieron creer, que las lesbianas eran todas feas, hombrunas y fracasadas, y resulta que mi mujer se había topado con una lesbiana guapa, con profesión y sin compromisos. Seguramente me lo habían contado mal, o ésta era una excepción. Le dije a mi mujer que no se precipitara, que ya tendríamos tiempo de separarnos, de divorciarnos, si era lo que pretendía, que, entretanto, fuera al médico. Comencé a sospechar que lo que le ocurría a mi mujer era que no había tenido un hijo; eso, quizás, lo explicaba todo.

—Eres muy bruto —me contestó.

No habíamos tenido un hijo, ni dos, por la sencilla razón de que ella tenía el útero retrovertido, de lo cual oscuramente me alegré, porque la idea de ser padre no me hacía precisamente feliz.

—¿Qué tiene ella que yo no tenga? —osé preguntarle, antes de que me abandonara.

¿Qué puede tener una mujer que un hombre no tenga? Bien mirado, yo estaba seguro de poseer algunos atributos de los cuales Irma carecía, salvo que los hubiera adquirido en un sex-shop.

De pronto me di cuenta de que estaba terriblemente interesado en saber cómo hacían el amor dos mujeres. Esto no me lo habían enseñado en el colegio, ni en formación profesional, ni me preocupó durante todos estos años, pero ahora comprendía que tenía una laguna en mi conocimiento. Una laguna no, más bien un océano. Hay algo más insoportable que una mujer que conspira contra uno, y son dos mujeres que conspiran contra uno. El lazo que las unía, fuera cual fuera la atracción que sentían, era pertenecer al mismo sexo. Esto les daba una identificación imposible para mí. Jamás yo podría llegar a esa unidad, a esa complicidad con nadie; no la había tenido con ella, no la podría tener con otra mujer, y los hombres no me interesaban. O por lo menos eso creía hasta que conocí al ángel. ¿Qué sabemos acerca de nosotros mismos? Una serie de conductas repetitivas o reflejas que, en cualquier momento, pueden desmontarse como las vértebras de un saurio de juguete. El ángel estaba en la barra, bebiendo una copa de champán y conversando suavemente con un hombre. Tenía aspecto de mujer, pero algo en su figura, en sus hombros o quizás en su voz, indicaba que había un pequeño desajuste, una imperfección, la sospecha de no serlo enteramente. Esto me inquietó y despertó mi curiosidad. Me acordé de mi mujer, de aspecto femenino y labios carnosos, que a esa misma hora, probablemente, estaría haciendo el amor con otra mujer, no conmigo, y el pensamiento me hizo sentir infeliz. Yo podía darle todo lo que un hombre puede darle a una mujer, pero Irma podía darle algo que yo jamás tendría ni sería: su naturaleza de mujer. Ella había encontrado el punto justo para desarmarme, para humillarme y menoscabarme: algo que yo no podía cambiar, salvo que me fuera a operar a Casablanca.

Los diez minutos siguientes los empleé en observar al ángel. Los travestidos —y éste seguramente lo era— tienen algo que me desagrada profundamente: la imitación del modelo ideal es tan exagerada que en lugar de una simulación lo que consiguen es una farsa. Los afeites, el maquillaje, los gestos se convierten en una parodia y los alejan más del original.

Por lo menos eso era lo que yo pensaba hasta que conocí al ángel. Debía estar medio borracho y muy afectado por el abandono de mi mujer para decidir acercarme a la barra, con aire desenvuelto, un vaso de ginebra en la mano y cierta agresividad que sin duda me parecía muy masculina. No soy un experto en biología, pero me enseñaron que los hombres somos XY y las mujeres XX; el cromosoma diferente nos da esta confianza en nuestra fuerza, en nuestro miembro. Hasta que una mujer cualquiera nos abandona por otra mujer y el mundo se nos viene abajo. ¿Qué iba a hacer yo con mi cromosoma, que mi mujer parecía no necesitar? Estaba medio borracho, y para mí dos mujeres eran XX más XX, una repetición aburrida, una simetría sin variación.

Le dije al ángel que mi mujer me había abandonado por otra. Era algo que seguramente no me animaba a confesarle a un hombre (hubiera sentido el menoscabo de mi virilidad), pero contárselo al ángel me producía cierto alivio. El alivio de no saber si estaba hablando con un hombre o una mujer.

—Olvídate de los cromosomas —me aconsejó el ángel—. Seguramente a tu mujer y a la amiga de tu mujer es lo último que se les ocurre.

Ahí estaba mi cromosoma Y suelto, como un pene sin erección.

—Soy XY —insistí—. Ella es XX. —Cuando dije «ella» me refería a la amante de mi mujer, naturalmente.

¿Cuál es el sexo de los ángeles? Esta pregunta me había perseguido durante la infancia, y ahora cobraba una inusitada actualidad.

—Tú, ¿qué eres? —le pregunté al ángel, con cierta agresividad.

Me pongo agresivo cuando me siento confuso, y en los últimos tiempos casi todo se me estaba confundiendo: mi mujer me engañaba con una mujer, yo estaba en un bar de travestidos y el tipo con el que estaba conversando a lo mejor era un tipo o una tipa, tal era el desgraciado estado de la cuestión.

—Soy lo que tú quieras —me respondió el ángel con naturalidad—. Soy tu sueño —insistió—. Si me quieres mujer, seré mujer; si me deseas hombre, seré hombre.

No hay cosa peor que preguntarle a alguien acerca de su deseo. Es una pregunta sin respuesta. Yo sabía lo que quería: que mi mujer abandonara a Irma, no a mí, pero en cuanto al ángel, no tenía idea de lo que prefería.

—Y si quieres, para contentarte del todo —agregó— seré un rato hombre y un rato mujer.

Pero ¿a quién se le podía ocurrir algo semejante? Me gustan las cosas claras y ordenadas. Detesto las ambigüedades.

—¿Cómo hacen el amor dos mujeres? —le pregunté abruptamente.

El ángel rio. Seguramente creyó que me refería a la técnica. No me refería a eso. Me refería a la clase de deseo. No hay cosa peor que amar a alguien cuyo deseo se nos escapa. Yo quería saber la índole del deseo de mi mujer.

—Me parece ridículo —agregué—. ¿Qué puede desear una mujer de otra mujer? Ambas tienen lo mismo. Creí que sólo se podía desear lo diferente.

—¿No serás de los que creen que a las mujeres les falta algo? —me dijo el ángel, con una sonrisa irónica.

—Tienen lo que tienen que tener —contesté, afirmándome.

—¿Y tú tienes lo que tienes que tener? —me interrogó el ángel, observando atentamente mi bragueta.

Tampoco podía entender que, si el ángel tenía lo mismo que yo, sintiera alguna clase de atracción por mí. Me pregunté qué tendría el ángel.

—Tengo lo que tengo que tener —afirmé, convencido, aunque cada vez estaba menos seguro de mí mismo.

—El tener es ilusorio, querido mío —apostrofó el ángel—. Lo que tenemos lo deciden los demás. Por eso yo ofrezco el sueño —me dijo—. Soy lo que tú decides que soy: hombre o mujer. No lo elijo yo, sino tú.

Si el tener es ilusorio, una fantasía del otro, ¿cuál era la fantasía de mi mujer en cuanto a Irma? Al trasladar su deseo a otra parte me había despojado de mi sexo.

—Puedo consolarte —me dijo el ángel—. Si necesitas creer que eres muy hombre me postraré ante ti en cuatro patas para que creas tener lo que quieres tener.

Por un momento lo pensé: yo, XY, con mi sexo en erección, penetrando el rosado orificio del ángel. Pero, si eso quizás me devolvía el sexo ante mí mismo, no me lo devolvía ante mi mujer.

—Tienes una idea fija —me dijo el ángel—. Bien: todos tenemos ideas fijas. ¿Qué sería del mundo sin las ideas fijas? Nadie construiría casas, ni montaría fábricas, ni haría películas. Las semejanzas o las diferencias también son ilusorias —agregó—. A algunos yo les vendo la fantasía de la similitud; a otros, la de la diferencia. En realidad, no soy ni igual ni semejante. Soy la imagen misma del deseo: evanescente, sutil, inaprehensible.

—Me gustan las cosas clásicas —respondí—. La comida a sus horas, el amor en la cama y el sueldo a fin de mes.

—Seguramente tu mujer se aburrió de eso —comentó el ángel.

¿Qué quería mi mujer? ¿Ella lo sabía? ¿Alguien puede definir lo que desea? ¿Qué tenía Irma que no tuviera yo? O dicho de otro modo: ¿qué no tenía Irma que yo tenía? De pronto se me ocurrió que se podía desear a alguien por lo que le falta, no por lo que tiene. Me bebí otro vaso de ginebra y empecé a sentirme mejor. Ahora miraba con buenos ojos al ángel, su boca desfigurada por la pintura, el vello no disimulado de sus axilas, el vestido rojo que gritaba a los cuatro vientos que era un vestido. Sin duda, el ángel exhibía demasiados atributos de mujer como para que uno pudiera creer que efectivamente se trataba de una mujer. Me acordé del viejo refrán que dice que se presume de aquello que no se tiene. Y de una película llamada *Tener o no tener*. Miré la pista. Algunas parejas estaban bailando, pero yo no me atrevía a decir qué clase de parejas eran. A lo sumo podía decir que cada pareja estaba integrada por dos personas, y nada más.

—El deseo es un fantasma —dijo el ángel—. Cada uno tiene varios fantasmas, que cambian de forma y de sexo.

Pero mi fantasma era mi mujer y ella estaba con otra. Medio borracho, me reí de haber aceptado el género femenino de mi rival: ella estaba con otra, no con otro. ¿Yo era el otro de la otra?

—Bebe —me dijo el ángel—. Esta noche estás aprendiendo demasiadas cosas.

Estuve a punto de darle una bofetada. ¿Cómo alguien de sexo difuso podía pretender enseñarme a mí? A la otra mañana iba a tener resaca, seguramente, y las ideas más claras. Pero mi mujer no se iba a despertar a mi lado. Mi mujer se iba a despertar al lado de Irma. Imaginé una terrible venganza: me aparecería en su apartamento, abriría la puerta del dormitorio, las sorprendería desnudas en la cama y las mataría a las dos. De un tiro bien metido en el cuello a cada una. Vería chorrear la sangre roja de Irma y de mi mujer con satisfacción, como un íntimo triunfo. Estaba solazándome con esta idea cuando de pronto se me cruzó otra; yo, en la cama, con ellas, mirándolas, observándolas como un perro hambriento, tratando de saber qué deseaban la una de la otra. Un deseo que se me escapaba. Un deseo del cual no sabía nada. Un deseo que me excluía. Odioso deseo que me dejaba fuera. ¿Estaría menos resentido si me dieran un lugar en él? Pero ¿qué lugar? ¿El de espectador? ¿Las sobras de su deseo? Me volví a enfurecer y pedí otra copa.

—¿Quieres bailar? —me preguntó el ángel.

Rechacé la invitación: tuve miedo de sentirme ridículo, en medio de la pista, sin saber si aquello que sostenía entre mis brazos era un hombre o una mujer. Había parejas así danzando. No parecían interesados en la opinión que los demás tenían acerca de ellos, sino sólo en la de su pareja.

—Esto tiene un aire de gueto —le dije al ángel.

—También los equipos de fútbol, y el Ejército, y la Iglesia, y los comités políticos y las ligas antialcohólicas —agregó el ángel—. Sin contar a las parejas —culminó—. ¿Hay algo que se parezca más a un gueto que una familia?

Yo era un tipo solitario abandonado por su mujer que no encontraba a su igual ni a su diferente. Un tipo sin gueto, por tanto. Un único ejemplar raro.

—Puedo amarte como un hombre ama a una mujer, como una mujer ama a un hombre, como un hombre ama a otro, como dos mujeres se aman entre sí o cualquier fórmula que se te ocurra —me ofreció el ángel.

No hay nada peor que tener que perfilar un deseo, pensé. No sabía qué elegir. Es más, no quería elegir.

—Es el miedo a la libertad —comentó el ángel.

—Está bien —admití—. No quiero ser libre. Quiero tener reglas. Quiero que me digan qué debo desear.

—Si no sabes cuál es tu deseo, yo te lo diré por ti —me ayudó el ángel—. Seré como una aparición. Vaga y ambigua, multiforme, polivalente.

—Tengo miedo —murmuré, borracho como un niño en una fiesta.

—Allí comienza el deseo —comentó el ángel—. En el lugar del miedo, donde nada tiene nombre y nada es, sino parece.

De pronto me acordé de algo que le había oído decir al cura, en las clases de religión: las revelaciones son oscuras. Me había parecido, entonces, una contradicción.

—Las revelaciones son oscuras —le dije al ángel, esa noche de julio en que mi esposa me había abandonado—. Vámonos —agregué. Siempre podía tener la excusa de decir que estaba borracho.

Índice

Algunos títulos imprescindibles
de Lumen de los últimos años

Las inseparables | Simone de Beauvoir
El remitente misterioso y otros relatos inéditos | Marcel Proust
El consentimiento | Vanessa Springora
Beloved | Toni Morrison
Estaré sola y sin fiesta | Sara Barquinero
La señora March | Virginia Feito
El hombre prehistórico es también una mujer | Marylène
   Patou-Mathis
Manuscrito hallado en la calle Sócrates | Rupert Ranke
Federico | Ilu Ros
La marca del agua | Montserrat Iglesias
La isla de Arturo | Elsa Morante
Cenicienta liberada | Rebecca Solnit
Hildegarda | Anne-Lise Marstrand Jørgensen
Exodus | Deborah Feldman
Léxico familiar | Natalia Ginzburg
Confidencia | Domenico Starnone
Canción de infancia | Jean-Marie Gustave Le Clézio
Confesiones de una editora poco mentirosa | Esther Tusquets
Mis últimos 10 minutos y 38 segundos en este extraño mundo |
   Elif Shafak
Los setenta y cinco folios y otros manuscritos inéditos | Marcel
   Proust

Un cuarto propio | Virginia Woolf

Al faro | Virginia Woolf

Genio y tinta | Virginia Woolf

Cántico espiritual | San Juan de la Cruz

La Vida Nueva | Raúl Zurita

El año del Mono | Patti Smith

Cuentos | Ernest Hemingway

París era una fiesta | Ernest Hemingway

Marilyn. Una biografía | María Hesse

Eichmann en Jerusalén | Hannah Arendt

Frankissstein: una historia de amor | Jeanette Winterson

La vida mentirosa de los adultos | Elena Ferrante

Una sala llena de corazones rotos | Anne Tyler

Un árbol crece en Brooklyn | Betty Smith

La jurado 272 | Graham Moore

El mar, el mar | Iris Murdoch

Memorias de una joven católica | Mary McCarthy

Poesía completa | Alejandra Pizarnik

Rebeldes. Una historia ilustrada del poder de la gente | Eudald
Espluga y Miriam Persand

Tan poca vida | Hanya Yanagihara

El jilguero | Donna Tartt

El viaje | Agustina Guerrero

Lo esencial | Miguel Milá

La ladrona de libros | Markus Zusak

El cuarto de las mujeres | Marilyn French

Qué fue de los Mulvaney | Joyce Carol Oates

Cuentos completos | Jorge Luis Borges

El chal | Cynthia Ozick

Laborachismo | Javirroyo

Eros dulce y amargo | Anne Carson

Antología poética | William Butler Yeats

Cartas de cumpleaños | Ted Hughes

Cuentos completos | Flannery O'Connor

Poesía reunida | Philip Larkin

*Querido Scott, querida Zelda. Las cartas de amor entre Zelda y
  F. Scott Fitzgerald* | Jackson R. Bryer y Cathy W. Barks (eds.)

Cosas nuestras | Ilu Ros

Tentación | János Székely

Poesía completa | Idea Vilariño

Poesía selecta | Darío Jaramillo

Butcher's Crossing | John Williams

Tu nombre después de la lluvia | Victoria Álvarez

Elizabeth y su jardín alemán | Elizabeth von Arnim

Las cosas del querer (unos años después) | Flavita Banana

La fatiga del amor | Alain de Botton

Poesía completa | Vicente Aleixandre

Libro del anhelo | Leonard Cohen

Poesía reunida | Wallace Stevens

Los días iguales de cuando fuimos malas | Inma López Silva

Cuentos reunidos | Isaac Bashevis Singer

La amiga estupenda | Elena Ferrante

Un mal nombre | Elena Ferrante

Las deudas del cuerpo | Elena Ferrante

La niña perdida | Elena Ferrante

Poesía completa | José Agustín Goytisolo

Tormenta en Cape May | Chip Cheek

Momoko y la gata | Koike Mariko

El libro de la hija | Inma López Silva

¿Por qué ser feliz cuando puedes ser normal? | Jeanette Winterson

Este libro
terminó de imprimirse
en Madrid
en marzo de 2022

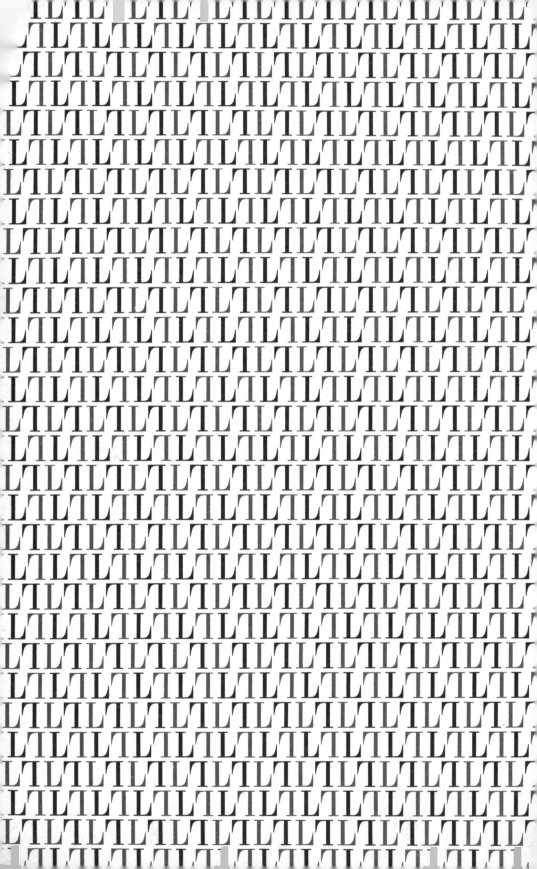